新性灵主义诗选

龚刚　李磊　主编

暨南大学出版社
JINAN UNIVERSITY PRESS

中国·广州

图书在版编目（CIP）数据

新性灵主义诗选/龚刚，李磊主编．—广州：暨南大学出版社，2020.10

ISBN 978 – 7 – 5668 – 2917 – 7

Ⅰ．①新…　Ⅱ．①龚…②李…　Ⅲ．①诗集—中国—当代
Ⅳ．①I227

中国版本图书馆 CIP 数据核字（2020）第 104082 号

新性灵主义诗选
XIN XINGLING ZHUYI SHIXUAN
主　编：龚　刚　李　磊

出 版 人：张晋升
策划编辑：杜小陆
责任编辑：黄志波
责任校对：黄　球　黄晓佳
责任印制：汤慧君　周一丹

出版发行：暨南大学出版社（510630）
电　　话：总编室（8620）85221601
　　　　　营销部（8620）85225284　85228291　85228292　85226712
传　　真：（8620）85221583（办公室）　　85223774（营销部）
网　　址：http：//www.jnupress.com
排　　版：广州良弓广告有限公司
印　　刷：佛山市浩文彩色印刷有限公司
开　　本：787mm×960mm　1/16
印　　张：17.5
字　　数：260 千
版　　次：2020 年 10 月第 1 版
印　　次：2020 年 10 月第 1 次
定　　价：76.00 元

序一： 中国诗坛的独特风景

梁丽芳[①]

　　我与澳门大学的龚刚教授素未谋面，却在微信上了解了他的一些学术活动，以及对于学术的认真追求，更从他主编的《新性灵主义诗选》中，惊喜地读到别具一格的诗作，以及他与同人的探索。《新性灵主义诗选》收录了七剑新作、七剑之友佳作等。七剑新作是龚刚教授与六位诗友的作品，他们散居在几个城市，共同的志趣与对诗的探索，将他们联系在一起。"七剑"这个名称令人联想到武侠小说里与古代行走江湖的佩剑侠客，他们隐喻地以诗为"剑"，试图"直捣"读者的心灵。他们的"招数"各异，却不同程度地体现了一种"剑道"。

　　在人人都可以发表诗歌的网络时代，龚刚教授提出新性灵主义诗学，企图为当前与未来的诗人提供一个方向。这个诗学的命名，乍看有点复古的味道，其实不然，他不是志在复古，而是从明清诗家的"性灵派"那儿获得灵感，推陈出新，针对当下诗歌的弊病而提出的思考。

　　究竟他的新性灵"新"在哪儿呢？龚刚教授说，首先，针对明代"性灵派"过分强调天赋秉性，他提出书卷见闻与抽象思辨可以转化为性灵的见解。看来，这个认知呼应了杜甫"读书破万卷，下笔如有神"的实践。其次，他肯定虚实相生，以简驭繁，这点关乎诗句意象的取材与文字的修炼。最后，他主张冷抒情，有所节制，以防滥情，并侧重闪电般的灵感，认为"闪电没有抓住你的手，就不要写诗"。这点包括写诗的态度和缘由。不错，由灵感触动的诗，往往流露出某种灵性，感情不节制的诗，容易使人沉溺或狂妄。他

[①]　梁丽芳，加拿大阿尔伯达大学荣休教授，不列颠哥伦比亚大学客座教授。

曾在一篇文章中进一步解释说，新性灵主义诗学"试图建构一个崇尚顿悟和哲性，主张智以驭情，推崇一跃而起、轻轻落下的诗境"，在批评倾向上，"崇尚融会贯通基础上的妙悟式批评"。他又指出，诗境和诗语必须提炼，也必须把诗与散文区别开来。

我虽然未曾深入研究龚刚教授的"新性灵主义诗学"，但我对他的观察甚有同感。比如，有些白话诗读来像分行的句子，平淡无味，缺乏诗意。诗的语言与白话逻辑性的语言是不同的，后者读来像散文，犯了诗的大忌。诗要留白，要有意象，也就是古典诗中的含蓄，言有尽而意无穷，留有想象空间。诗需要陌生化的语言，给读者带来感官与意念的刺激，从中了解诗人的独到深意，这可能就是"新性灵主义诗学"所说的"一跃而起、轻轻落下的诗境"吧。至于所推崇的"顿悟"与"哲性"，均与诗人的学养、本性、性灵的飞跃相关，所主张的"智以驭情"，是适当地控制感情，适可而止。

龚刚教授自谦说"新性灵主义诗学"尚待完善，其实，在实践中逐步完善是正常的过程。我认为"七剑"的诗作，正在以性灵、积极而开放的姿态参与现代诗学理论体系的建设，它们是中国诗坛冒出的一道新风景，必定会引起广泛的注意。

2019 年 4 月 8 日于温哥华

序二： 写给 《新性灵主义诗选》

高远东①

龚刚兄在微信朋友圈看到我写的《在忌日纪念海子》一诗，就问我可否为《新性灵主义诗选》作序。我想可能是纪念海子和 20 世纪 80 年代的情绪触动了他吧，而他的新性灵派的作诗主张同样也触动了我。共感共鸣之下，我愿意写下之前从未想过写的这些文字。

作为新时期诗歌的过来人，虽不以作诗为业，但我对当代诗歌始终保持关注的兴趣。我认为当代诗坛有好诗而无好诗人。从诗歌作品看，即使是在朋友圈看到的年轻学子，如康宇辰、胡红英的诗歌习作，已经远胜于许多现代诗歌名作，从中确实可以见出新诗百年的巨大进步。但从诗人角度看，当代诗人却是百分之百小于他的作品，不仅辨识度不足，其思想、语言、哲学、社会观、人性观等涉及诗歌深处的"人"的构成要素，一律贫乏不能自存，远逊其现代前辈诗人。如果不是发生由诗人死亡而"殉诗"所带来的光辉，诗人本身实在是无足观之、可以忽略不计的。诗歌在走向成熟和成功，诗人却停滞甚至在退步。这种诗艺与诗人的不协调成为当代诗坛某种分裂性的根源。大家只能凭天才而作为。佳作可遇，好诗人却不可求。

其实大家对诗歌的理解是多元的。诗人为什么作诗？有一次我见臧棣说，作诗就是寻求奇迹。这句话"噼啪"一下照亮了我。看玄武的小众诗歌，他植根于建安风骨、晚唐乱离气象而来的现代揭示性、批判性写作，也一扫当代诗坛的浮泛无聊和炫智趣味。在云南时读雷平阳的诗，也感受到知情意合一的饱满力量。可见明白人还是有很多的，有毅力主张而"独持偏见"者也在砥砺前行。

---

① 高远东，北京大学中文系教授。

当代诗坛的炫智趣味或谓智性写作大概是沿袭卞之琳的探索而来。卞之琳应该是最深刻地影响了当代诗歌的前辈诗人，但其智性写作的学院派路径其实是令人喜忧参半的。智性的开掘突进到一定程度，大概就会产生撕扯诗歌天机的力量，甚至产生某种破坏诗人完整性的毒素吧。二十世纪八九十年代的诗人如海子和张枣等，都和这种追求大相径庭。

追求情韵还是理趣，在中国诗史上曾经划分出唐宋。明清诗歌一直是两派的拔河。而今龚刚兄领衔的七剑诗派高举新性灵主义的大旗，不知道是否存在此种溯源，但它针对当代诗歌天机丧失之病而发则是一定的。它似可视作浪漫主义的复活和返照，在浪漫主义那里，诗歌和诗人是统一的，性灵和智慧也并不分裂。感伤的病，也不一定非得用玄言晦涩的药去治。

我把新性灵主义理解为一种针对当代诗坛痼疾的救治，是一种返璞归真，也是一种诗艺和诗理探寻的"偏至"。它立足的是"人"，其所涉无论其身其性其灵，都直指诗歌的根本。希望它能踩踏荆棘，开辟当代诗歌的一条道路。

2019 年 4 月 30 日

序三： 哪一片云是我们的天

陈　希[1]

以龚刚、杨卫东、李磊、张蔓军、张小平、薛武、朱坤领为主力的七剑诗群，相识于网络，刚柔相济；相知于红尘，潇洒自由。因诗结缘，喜爱《七剑下天山》等武侠小说而推崇明快的书写。诗性灵，剑寒光，人正义，心良知。他们分别生活在澳门、广州、上海等地，极少谋面，但心灵相通；和而不同，却取长补短。他们出版《七剑诗选》[2]，倡导新性灵主义诗学，建立网站和微信群，举行诗学交流会和新诗大赛，引起诗坛和各界关注与好评。2018 年底诗集面世，各大书店热销，线上线下售罄。暨南大学出版社将诗集列入"十大新年读物"，山东《济南日报》、广东《作品》杂志等报刊发表推介评论，赞誉不断，好评如潮。借此东风，七剑再接再厉，出版新集《新性灵主义诗选》。主编龚刚、李磊约请我为诗集写几句话，雅意难却，欣然从命。爱诗者心有灵犀，超越时空。以诗会友，传情达意，是一种风雅。如切如磋，如琢如磨，其乐融融。这里主要叙写和分享阅读新诗集《新性灵主义诗选》的感触和体会，同时就龚刚等提出的新性灵主义诗学问题，谈一些个人心得和体会。

一、诗歌的常与变

新诗是中国诗歌的现代形态，又是现代诗歌的中国形态。新性灵主义诗学主要讨论新诗的审美方式，是对中国传统性灵派诗学的化用和借鉴，是对旧性灵主义的传承和发展。这涉及新诗的百年之

---

① 陈希，中山大学中文系教授。
② 龚刚、李磊主编：《七剑诗选》，广州：暨南大学出版社 2018 年版。

变与中国诗歌的千年之常的问题。

世界处于变化之中，流动发展是事物的特质。一代有一代之文学，文学常变常新。歌谣文理，与世推移，文变染乎世情，兴废系乎时序。但万事万物流变不居是有动因和规律的，变化的形式各呈其异。文化变革不同于政治、经济那种掠夺、占有与消灭。"文化史上亦只有演变而无革命"，学贯中西、博古通今的梁宗岱如是说。① 五四新文化运动，其实是一场从传统向现代的文化转型，这种转型是继承和变革的统一，而不是对传统文化的断裂和否定。"打倒孔家店"可能是以讹传讹的口号，因为迄今文献仅发现"打孔家店"而未见"打倒孔家店"。传统文化中确有糟粕，需要反思和抛弃，但优秀的东西也需要继承和发扬。

五四新文学诞生于中西文化的交汇点，以取法西方、反传统的姿态出现，但新文学倡导者们反对的是传统文化中陈腐没落的因素，抛弃的是应该否定的东西。梁宗岱曾赞叹"中国底诗史之丰富，伟大，璀璨，实不让世界任何民族，任何国度"；走进中国诗歌世界，"无异于回到风光明媚的故乡"。传统复杂多元，有时是前进的动力，有时是因袭的负担，"二三千年光荣的诗底传统，那是我们底探海灯，也是我们底礁石"。② 中国诗学传统文学深厚、绵延而丰富，有含蓄蕴藉的"缘情"，有明白平易的"言志"；有唐诗的象征抒情，有宋诗的主知说理。中国诗学传统本身也一直在"变"：从四言到五言到七言，从诗到词到曲，一代有一代之诗歌。胡适是文学革命首创者，但《文学改良刍议》反复强调"吾惟以施耐庵曹雪芹吴趼人为文学正宗"，肯定古代白话文学；《谈新诗》推崇"元（稹）白（居易）"派，后来指明"那时的主张颇受了宋诗的影响"。③ 陈独秀《文学革命论》声言打倒"古典文学""贵族文学""山林文学"，但是仍肯定从《国风》《楚辞》到施耐庵、曹雪芹的文学传统。④ 由此

---

① 梁宗岱：《论画》，《诗与真》，上海：商务印书馆 1935 年版，第 60 页。

② 梁宗岱：《论诗》，《诗与真》，上海：商务印书馆 1935 年版，第 50 页。

③ 胡适：《逼上梁山》，《中国新文学大系·建设理论集》，上海：良友图书公司 1935 年版，第 25 页。

④ 陈独秀：《文学革命论》，《中国新文学大系·建设理论集》，上海：良友图书公司 1935 年版，第 45 页。

可见，反传统更多的是一种姿态或者策略，甚至以传统来反传统，新学旧学不可能一刀两断，而是抽刀断水，或藕断丝连。反传统不是全部否定，而是扬弃。五四时期是文学与文化转型时期，中国文学并不是到这里断裂了，恰恰相反，经过外来思想文化冲击，中国文学吸收新的血液，有了生气，出现新气象，得到新的发展。

新诗的百年之变与中国诗歌的千年之常，构成一个具有启发性和感召力的诗学话题。百年以来，新诗历经坎坷，求新图变，取得令人瞩目的成就，但是也饱受争议，指摘更多集中于新诗没有根基和品格、不拘形式、平庸肤浅或者晦涩怪异的艺术。这很大程度是偏见和误会，但新诗确有不成熟和为人诟病之处。

西方美学从柏拉图开始，多有"为诗辩护"（如雪莱所写）的篇章，这涉及诗学观念和身份、地位问题。中国是诗歌的国度，古典诗学似乎没有类似的质疑，曹丕《典论》"经国之大业，不朽之盛事"几乎成为主导性意见。但五四新文化运动以来，新诗的地位、身份常常受到挑战，因为"非诗"性的东西令人触目惊心，甚至不堪卒读。胡适《尝试集》刚面世就受到猛烈攻击，梅光迪认为白话诗"非诗之正规，此等诗人断不能为上乘"，胡适模仿颓废派意象派等欧美新潮，"其诗实非诗也"。① 胡先骕批评胡适的新诗"卤莽灭裂""必死必朽"，判定"《尝试集》之价值与效用为负性的"。②

1949 年以后，新诗被意识形态化，强调政治属性和宣教功能，缺乏自主性，丧失艺术价值。新时期以来，朦胧诗反叛诗歌的政治宣教，而第三代诗超越朦胧诗的济世情怀，20 世纪 90 年代先锋诗人则无论是诗学观念还是审美方式都发生脱胎换骨的新变，主张"三还原"（感觉、意识、语言）、"三逃避"（知识、意义、思想）、"三超越"（逻辑、理性、语法），无论是知识分子写作还是民间写作，都脱离时代和社会，诗歌既丧失精神也丢掉美感，不但没有回到诗歌本身，反而走到诗歌的反面——非诗和伪诗。

进入 21 世纪，随着网络的发展，诗歌写作、传播、评价等发生

---

① 1916 年 8 月 8 日梅光迪致胡适信，见《梅光迪文录》，沈阳：辽宁教育出版社 2001 年版，第 169 页。

② 胡先骕：《评〈尝试集〉》，《学衡》1922 年第 1 - 2 期。

显著变化，新诗呈现复杂态势，一方面本土性、现实性增强，似乎形势大好，空前繁荣；另一方面境遇不妙，良莠不齐，难掩骨子里的疏阔苍白，合法性、辨识度受到广泛的质疑，新诗的边缘化和粗鄙化甚至进一步加剧。

新诗命途多舛，曲折轮回，症结是"变"与"常"的问题。新诗之"变"本身必须尊重和体现"恒常"的诗学规律和"平常"的美学元素。诗歌有新旧和地域之分，但诗歌的艺术性却无新旧之分和中外之别。好诗使生命发光，都应该具有独到的意象、巧妙的语词、创新的技巧、完美的形式。一言以蔽之，在诗意和表达上能动人之情、启人之思。

百年新诗，历经风雨，一个巨大的话语空间等待论者进入、淬炼和创造。当前处于诗歌拐弯道，亟须理论家和诗人站出来进行诗学总结、反思和建构，指明方向，高扬旗帜。龚刚等提出新性灵主义诗学，是适时的和睿智的。

二、振衰起敝

新性灵主义诗学倡导和实践源自七剑诗群。新性灵主义理论主张见于龚刚《中国现代诗学中的性灵派》《新性灵主义诗观》以及《新诗百年与新性灵主义诗学建构》等①，七剑诗群的诗歌创作则提供新性灵主义理论的实践支撑和鲜活标本，并进行检阅。

诗学理论既要有科学性和创造性，又要有学养、情怀和抱负；既要有历史理性高度，高屋建瓴，审时度势，又要有前瞻性和启发性，面向未来，但是最基本的和最有效的是要针对现实，振衰起敝，解决当下诗歌的困境和问题。

晚明公安派提出"独抒性灵"是针对明代前后七子复古、拟古风气和内容，新性灵主义诗学从古今中外诗学寻求资源，科学地总结百年积累的正面和负面的艺术经验，向当前诗坛的歪风邪气宣战，

---

① 分别见《现代中文学刊》2017 年第 1 期、《七剑诗选·前言》、《中国社会科学报》2019 年 5 月 13 日。

向非诗、伪诗宣战，向非诗学、伪诗学宣战，向商业化、庸俗化的诗评宣战，提升诗歌审美品格，摆脱边缘化的尴尬境地。这是时代提出的要求，历史赋予的使命。

当下中国，网络科技迅猛发展，日新月异，社会转型，气象万千。诗歌生态系统进行了整体性的重新洗牌，诗歌进入一个众声喧哗、多元化、去中心的时代，呈现出离心、弥散的态势。互联网和智能手机带来的诗歌曙光渐渐喷薄而出，诗歌体量（作者和产量）呈井喷式增长，边界和自由度扩展或提高，爆发出了前所未有的活力与创造性。但"这是一个最好的时代，也是一个最坏的时代"——科技发展，经济繁荣，精神境界滑坡，走向粗鄙化，诗意和灵动被时代浮躁狂风吹走，实用理性使我们逐渐远离纯美至真而置于世俗罗网。当代诗歌中有不少是文字游戏，境界狭小，诗坛圈子林立、过度自恋、自我炒作、低水平重复、缺乏自律等问题比较严重。

身处这样一个变化、动荡的时代，如果自甘平庸，陷于世俗，为功利裹挟，那么自主、个性、反抗和创造就无从谈起。作为一种诗学主张，新性灵主义不是唯美主义、小打小闹和自娱自乐，而是既崇尚个性，更提倡扎根生活深处，让一切感受冲击心灵。这实际上要求在诗歌创作中介入现实，直面人生，必须有统摄、提升生命或灵魂体验的精神维度和方向，追求卓越和伟大。新性灵派以性灵为宗，从心而出，各展个性，不强求一律，但是理想高悬，提升境界，诗歌中国才能延绵不绝、文脉相传，拒绝与时俯仰，在浮躁和动荡中坚守信仰和追求，逆风飞扬，风上筑巢，以笔为旗，创造出无愧于时代、民族的诗篇。

新性灵主义具体主张涉及诗意、表达和体式等方面，我尝试将主要内容概述为"大""小""中"三个字。"大"即是大境界，强调心系苍生、民族、国家、天下的开阔胸怀和厚重气度，而非局限于个人的恩怨情仇和狭窄的生活圈子，追求有情有义的大侠精神。"小"即是主张精短诗行涵盖一种精神，以少总多，而不倾向和喜欢长诗写作——新性灵主义崇尚个性和顿悟。七剑诗派的中坚张小平（柔剑）认为："如果只是灵感与性情，就成了浪漫主义诗歌了。加上顿悟（epiphany），就有性灵说的'闪电'了。"新性灵主义所谓

"闪电没有抓住你的手，就不要写诗"，其实是性灵使然。"中"即是中正之道和浩然之气，不以音韵胜，而以气韵胜，自如潇洒。不拘格律，且不矫情、不滥情，主张冷抒情，强调节制和反思。

诗在风上筑巢，灵魂的故乡永新。新的时代带来了新的生活，以及新的经验结构、新的想象方式。新性灵主义捍卫真理，追求诗艺，超越旧有观念和美学惰性，重新构造思维习惯与感觉结构，不断寻找寄托诗意的新对象、表达世界的新方式，在跌宕的现实与迷离的碎片中参透人生的磨难与灵魂的历练，有意或无意之间把个性提升到一种全新的诗美境界，完成诗歌的升华，从而实现荷尔德林所说的"诗意地栖居在大地上"。

三、性灵：新与旧

新性灵主义遥承"独抒性灵"的历史脉络，是对旧性灵主义的传承和发展。明清性灵诗学是以《礼记·乐记》所谓感于物而形于声的"心物感应说"为思想根源，以人的自然本性、生命意识为核心，以佛教"心性"学说为推动，强调文艺创作的个性特征、抒情特征，追求神韵灵趣的自然流露。晚明以袁宏道为代表的公安派主张"独抒性灵，不拘格套"，而清代的袁枚等性灵派则对公安派的性灵和诗才（灵机与才气、天分与学识）进行了修正和发展。袁枚所谓"性灵"，"性"意为性情，"灵"意为才华。所谓才华，包含驾驭典籍的能力，因而具有后天学养和修炼的成分，但他的主体立论依然过于强调天性："凡诗之传者，都是性灵，不关堆垛。"

新性灵主义与明清性灵主义的首要区别表现为对"性灵"内涵的界定和理解不一。新性灵主义诗学大幅度提升了后天学养和修炼等要素的重要性："性灵者，厚学深悟而天机自达之谓也"，认为天性只是基础，必须经由后天的蕴蓄、历练，才可发乎于外。新性灵主义诗学所谓"性灵"，不仅是自然本性，也不仅是性情，更不同于西方美学所谓灵感，而是兼含性情与智性的个性之灵。"性灵"是生长着的，因而是可以后天修炼、培育的。新性灵主义之"性灵"显得开和科学，切合并有助于诗歌创作。

其次，明清性灵说强调诗歌本质是表现真情实感，反对受儒家礼仪束缚的伪情，反对雕章琢句，反对学问为诗，肯定个性和欲望；但是新性灵主义强调哲性感悟，情理结合，主张冷抒情，反对情感外露，热情外溢，不知节制和反思的热抒情、泛抒情。这实际上吸取了瓦雷里、艾略特等西方现代智性诗学的成分，中西融合会通。

再次，明清性灵派虽主张独抒性灵，不拘格套，却终究要受格律、声韵束缚。新性灵主义主要以现代汉语写自由诗，不仅不拘格套，而且不拘束于外在的格律与声韵，讲究气韵，注重诗歌内在的节奏，并强调厚学深悟而天机自达，且注入了现代人的主体性意识和现代诗学理念。

明清公安派、性灵派的突出特点是强调诗人的个性和真情，新性灵派主张在现代性语境及会通中西的背景下发展中国的个性主义传统。作为诗界的个性主义者，新性灵主义认为诗歌应彰显个性之灵，妙用随心，不受单一风格、单一角度的约束，崇尚各随己性、以瞬间感悟照亮生命。所以，新性灵派实为"非派之派"。

四、创作：从诗学到诗歌

中国现代诗学具有特别的历史价值和美学意义。胡适于 1919 年发表的《谈新诗》被视为现代诗学的"金科玉律"，比新诗史上第一部个人诗集《尝试集》的出版早半年；胡适于 1917 年发表《文学改良刍议》，较文学史首次出现的白话新诗还早一个月。[①] 新诗很大程度上是被呼唤、被讨论出来的。胡适《中国新文学大系·建设理论集·导言》回顾新文学运动历史时指出，新诗"革新的成分都比小说和散文大得多"，变革最困难，引起讨论最多，因此新诗理论"特别多"；朱光潜《文学杂志》创刊号"编辑后记"特地把"诗论发达"列为中国现代文学四大特征之一。

① 胡适的《谈新诗》发表于 1919 年 10 月 10 日《星期评论》"双十"纪念专号；《尝试集》于 1920 年由上海亚东图书馆出版；《文学改良刍议》发表于《新青年》1917 年第 2 卷第 5 期；胡适在《新青年》1917 年第 2 卷第 6 号发表的《白话诗八首》为最早的白话新诗。

中国现代诗学凝聚了诗论家与诗人的才智和辛劳，新性灵主义诗学不乏深度和新意，具有先锋性和启发性，而且结合诗歌创作，具有可行性和实践性。前文从历史和美学角度对新性灵主义诗学的价值和意义进行评论，这里再从创作角度对新性灵主义诗学以及诗歌的特质稍作阐发。

龚刚是诗学研究家和评论家，具有丰富的诗歌创作经验。值得注意的是，新性灵主义诗学在文体和语言表达上别具一格，与一般诗论有着本质的不同。新性灵主义诗学并不以系统、严密的理论分析取胜，而常常以三言五语为一则，发表对创作具体问题的直接性感受和意见；采用散文形式和感性语言，承续传统诗话的体式和表达，简练而深刻，真知灼见与隽思妙语时现其中，但不是花样翻新地堆砌废话和炫弄概念，让人读不懂。"闪电没有抓住你的手，就不要写诗"，"智以驭情，气韵为先；一跃而起，轻轻落下"，这样的感性语言和诗性表述元气淋漓，非常睿智和精到，显然更生动、更有魅力，也更负责任，旨在消减关于新诗的隔阂和误解，拉近诗歌的距离。

本诗集中的七剑诗人和七剑之友（杨克、曹宇翔、汪剑钊、祁国、方明、苇鸣、冯倾城、田原、龚纯等），彼此性情各异，但爱诗之心相同，学养和诗歌理念也有许多相通之处。

杨克认为，不拘一格地抒写真性情，用心灵去观察和感悟世间万物，杜绝矫揉造作和无病呻吟，是"七剑"的创作之道。在表达个人情感时，应追求更为高远的立意，有意识地变小我为大我，赋予诗歌创作以社会性意义，或者把深刻的思辨和修行融入诗中。同时，"七剑"有各自的性情和诗歌风格，互相取长补短。

龚刚（论剑）视野宏阔、情怀豪迈，既有《写在国家公祭日》"记住疼痛/并在疼痛中成长"这样直面现实的沉郁深刻，也有《官也街见闻》"盆栽的石榴是遗民/在秋风中攥住一两团火焰/对世事无动于衷"这样的关注日常，从人间烟火中撷取诗意的冥思和奇想，智趣风发。举重若轻、反讽和悖论式表达是龚刚诗歌的三大法宝，真情与哲理结合，语言凝练纯净，体现了独特的美学倾向。

李磊（花剑）和杨卫东（问剑）都擅长家乡风物和历史题材，

写人叙事感人至深，身手不凡。本诗集收录杨卫东和李磊的新作，除了杨卫东那首《李白和孟浩然在黄鹤楼边小酌》没有"我"之外，其他诗篇都有"我"出现，由此可见李磊和杨卫东诗歌的主观抒情性很强，这与龚刚的客观化、冷抒情形成鲜明对比。但是李杨诗歌也有差异。同样悼念金庸，杨卫东题为"一个人走了，他把江湖扔下"，写痛惜和追慕，简洁、含蓄而纯净；李磊题为"太多的忧伤，我不想诉说"，写反思和体悟，深挚、洒脱而明快。

张小平（柔剑）和薛武（灵剑）都重视佛道修行和思辨，诗歌内敛而平和，一扫诗界的浮躁和戾气。薛武的诗细腻而柔绵，率真中见才气，表达直接、少修饰，句式也不繁复，值得回味。而张小平的诗含蓄隽永，《我不在大雪纷飞的日子里等谁》"我有几行薄薄的心经，空寂的文字/越过门前的台阶/晶莹剔透的雪花"，意象生动，平缓的句式与浪漫情怀融合，诗意盎然。

朱坤领（霜剑）和张蔓军（和剑）都追求简洁的句式和唯美的意境。但张蔓军的诗精练、深邃，富有质感，立意深刻，意象飘忽，显示出探索的犀利朝气。朱坤领的诗在真诚的生命体验中高扬人文关怀，意警象丰，虚实相生，开合有度，追求诗歌的节制和唯美；营造独到，抒情细腻，一唱三叹，以简驭繁，意味深长，努力建构属于自己的表达方式与情感空间，实现古典与现代的贯通，寻找创新的可能。

新性灵主义为"非派之派"。"七剑"个性鲜明，才华横溢，剑法各异，乱花照眼，和而不同。但从知行效用来看，我期望在诗歌观念和审美方式上再靠近一些，这样有利于形成合力。"似此星辰非昨夜，为谁风露立中宵"，感佩新性灵主义的探寻和追求。"忽然一夜清香发，散作乾坤万里春"，祝愿新性灵主义生根发芽，迎来诗歌的美好春天。

是为序。

2019 年 5 月 2 日

前言：新性灵主义释疑

龚　刚

新性灵主义是对旧性灵主义的传承和发展。作为旧性灵主义代表的明清性灵派虽主张"独抒性灵，不拘格套"，却终究要受格律、声韵束缚，新性灵派主要以现代汉语写自由诗，不仅不拘格套，还不拘格律、声韵，注入了现代人的主体性意识。这就是新旧性灵派的简明区分。

新旧性灵主义的根本区别在于两者对性灵的认识有所不同。新性灵主义诗学认为，所谓性灵，不仅是自然本性，也不仅是性情，或性之情，也不同于西方美学所谓灵感，而是兼含性情与智性的个性之灵。新性灵主义诗学同时认为，性灵是生长着的，因而是可以后天修炼、培育的，钱锺书所谓"化书卷见闻作吾性灵"，即揭示了性灵的可生长性。王阳明在贵州龙场顿悟，认定"吾性自足，心外无物"。这种认识可以作为明清性灵派诗学理念（所谓不法古今诗人；所谓不从胸臆流出不肯下笔）的思想基础，却不能作为所谓新性灵主义诗学的思想基础。

明清性灵派的突出特点是强调诗人的个性，新性灵派应在现代性语境及会通中西的背景下发展中国的个性主义传统。金庸武侠小说最大的贡献是弘扬了中国的个性主义传统，塑造了一大批灵光灼灼、个性鲜明的侠客。

作为诗界的个性主义者，新性灵派是认同诗歌应有闪电般的照亮，并彰显个性之灵（与王夫之所谓"诗以道性情"的立意略有不同）的一群，绝不受单一风格、单一角度的约束，所以，新性灵派实为"非派之派"。

2018 年的龚古尔文学奖于当年 11 月 7 日揭晓，40 岁的作家尼古拉·马修获奖。龚古尔文学奖评委会主席贝尔纳·皮沃表示："尼古拉·马修是一位新生代作家，年轻，讲述当今的法国"，同时盛赞其作品《他们之后的孩子》（Leurs enfants après eux）展现了政治与社会的丰富画卷，同时也是对青少年进行探究的一部作品。

诗人杨克指出："讲述政治与社会的丰富画卷，这就是中国相当多作家诗人的不足，也是余华小说几乎独步世界的原因。"

的确，触目可见的当代诗歌，有不少是文字游戏、思想游戏、小我情怀。作为诗人，确应放宽视野，以天下苍生为念。新性灵派不是归隐派。新性灵主义不是唯美主义。作为一种诗学主张，新性灵主义既崇尚个性，更提倡闯入生活深处，让一切感受袭击内心。

由于新性灵派以性灵为宗，自然不会强求一律。从心而出，各展个性，又始终以智性的自觉节制情绪的夸大，才是新性灵主义。

新性灵派的主体是七剑诗群。七剑兄弟性情各异，但热爱诗歌之心相同，学养和诗歌理念也有许多相通之处。论剑主张自由诗是以气驭剑，不以音韵胜，而以气韵胜，虽短短数行，亦需奇气贯注。柔剑和灵剑都重视佛道修行和思辨。问剑和花剑都长于叙事，善于写长诗，常写乡土和民间题材。和剑和霜剑都追求简洁的句式和唯美的意境。

杨克先生认为，不拘一格地抒写真性情，用心灵去观察和感悟世间万物，杜绝矫揉造作和无病呻吟，是七剑兄弟的创作之道。七剑在表达个人情感时，追求更为高远的立意，有意识地变小我为大我，赋创作以社会意义，或者把深刻的思辨和修行融入诗中（《七剑诗选·序》）。

同时，"七剑"又有各异的性情和诗歌风格，互相取长补短，这突出地体现在对同一题材和事物的描写上。例如同是写家乡的诗，却能够使读者感受到不同的诗意。

概而言之，新性灵派乃非派之派，妙用随心，也不必自缚手脚，画地为牢。新性灵主义创作观亦只是一种崇尚各随己性、以瞬间感悟照亮生命的诗学信念，并非教条。

什么是新性灵主义诗风？简言之，就是性情抒发与哲性感悟的结合。仅吟咏性情（严羽："诗者，吟咏性情也"，袁宏道："独抒性灵，不拘格套"，袁枚："诗者，人之性情也"，王夫之："诗以道性情，道性之情也"，华兹华斯："一切好诗都是强烈情感的自然流露"），并非新性灵主义。侠文化精神、个性主义传统可与新性灵主义相会通。金庸笔下的大侠，多为个性主义者。明清性灵派是个性主义者。现代的徐志摩、林语堂也是个性主义者，其中有传统基因，也有浪漫主义等外来文化影响。新性灵主义有新世纪气息，体现网络化、全球化时代新精神，又强调哲性感悟。梭罗的超灵（over-soul）论有裨于新性灵诗学的深化。而从诗之内核观之，任何伟大的诗歌皆寄寓于所谓"哲性乡愁"（philosophic homesickness，详见拙文《从感性的乡愁到哲性的乡愁——论台湾离散诗人的三重乡愁》，《淮北师范大学学报》2017 年第 1 期），《春江花月夜》孤篇冠唐，即是显例。拙诗《致大海》（收入《七剑诗选》）较能体现新性灵主义诗风。

举目诗坛，凡呆傻的、嘶吼的、油腻的、无灵气的、机械反应的、格律主义的、线性思维的、死抠建筑美的、大唱高调的、浪漫过头的、没有哲理深度的，都不是新性灵主义诗歌。当然，不能说凡是好诗都是新性灵诗。有些新格律诗虽受音乐美、建筑美约束（如《再别康桥》），有些诗纯以情动人（如冰心的母爱诗），有些诗纯智（如玄理诗），都可能是好诗，但都不是新性灵诗。性情抒发加哲性反思，又以气韵胜，方是新性灵诗，如七剑之友汪剑钊教授的《怪柳》即是范例。一言以蔽之，新性灵主义诗观就是："闪电没有抓住你的手，就不要写诗。"（见拙文《七剑诗选·前言》）

除了创作观之外，新性灵主义诗学还包括批评观、翻译观两部分。新性灵批评观以直击诗歌的审美内核与诗人的灵魂为特征，区别于"博士卖驴，下笔千言，不及驴字"的诗评。新性灵翻译观主张译者倾听作者的心跳，神与意会，妙合无垠。

2020 年 1 月 20 日

目　录

Contents

七剑新作

084　和剑 （张蔓军）

153　霜剑　（朱坤领）

七剑之友佳作

新性灵主义诗城首届新诗奖入围诗作

七剑新作

论剑（龚刚）

《罗马假日》观后

从阳光穿过阳光
古罗马街头的咖啡桌
为一场盛大的别离
备好了一杯香槟

理发师的剪刀
剪去王室的戒律
相互隐瞒的身份
在真理之嘴前逃逸

第一次抽烟
第一次骑摩托
第一次闯入人群
几个简单的情节
轻盈如风

爱情
在时间表之外
超越遗忘

扬州帖

无鹤
无盘缠
亦非烟花三月

感君怜才意
来做广陵人

那一夜的酒
如高山流水
那一夜的杯盏
有金石之声

河虾入口
依稀是瘦西湖的草香
豆干与花生同嚼
确有火腿的滋味

说到八怪
即是说到了风骨
当浮一大白

说到江湖
即是说到了恩义
当浮一大白

说到《汉书》与酒

即是说到了君臣相得快意平生
当浮一大白

声如洪钟
将醉未醉
玉玲珑酒店
一枝独秀

瓜洲古渡
月色三分
犹在十里之外

临行之际
与运河彼端的隋唐
握手作别

写在七剑聚会前

个性碰撞个性
就像酒杯碰酒杯
铿锵之声
击中窗外的雪花

酒浆在杯中激荡
如同此刻的热情

一饮而尽的
是喜悦
是岁月

说了许多话
又好像什么都没说

酒酣耳热后
五岳倒为轻

那个创造神话的人走了

秋风吹过江湖
一片枯叶卷上天际
坠入一代人的记忆
那个创造神话的人走了

问世间
情为何物
李莫愁杀人如麻
看不见的火焰
将她烧成灰烬
郭襄欲哭无泪

成吉思汗自居英雄
杀人如麻
不屑为情所困
一抔黄土
将他埋葬

侠之大者
不忍苍生受难
蠢笨的郭靖
不知道何为英雄

琴箫声中
令狐冲携任盈盈远去
盖世武功
弃之如敝屣

遥遥可见的背影
再也不会转身
沧海犹闻一声笑
那个创造神话的人走了

大西洋，我从你的海滩走过

淡青色的柏油路
射向远山
阳光如同风声
托起信天翁银色的翅膀

被巴黎、纽约、里斯本
呕吐出的人类
光着双脚
在天地间奔跑

欢叫的少女
一再跃入奔腾的海浪
像海豚的女儿

空气中是淡淡的盐味
…………

一千年前的沙砾
会在一千年后闪亮
如同今天

大西洋
我从你的海滩走过

来一支十年前的雪糕

是的，每一次旅程都有目的地
但目的是次要的
走下扶梯
走出大堂
在街边停下
阳光没理由的姣好
前后左右的行人
从视线中穿过
全是路人乙，多好
路牌的式样自然是不同的
灰底黑字
残留着皇家的威严
双层巴士却是多彩的
在大街上摇头摆尾
把人群吸进吐出
劈面一栋大厦
从密集的楼宇中
挤出坚韧的斜线
唯一的留白
被广告抢占
安宫牛黄丸
养心，安神
像一个讽刺
买一支雪糕吧
还是十年前的味道

那时候
没有鸿茅酒
没有川普
天下无事

每一个瞬间都是生命的战栗

每一个瞬间都是生命的战栗

有人点燃了玉米芯

有人兴奋地与风雪同框

有人打开了一瓶酒

有人掐灭了一支烟

有人在赌桌上一掷千金

有人在菜市场讨价还价

有人为子女留下百亿基金

有人将癌症诊断书抛在身后

有人抢购了第一张电影票

有人挤上了最后一班列车

有人撒下渔网

有人脱身而出

打开窗

今夜星光灿烂

这光芒

来自亿万年前

那时候

人类只是一种可能

野生的火焰

不懂得杀戮

也不懂得温暖

辛波丝卡

这是一个能够徒手抓住风暴的女人
这是一个能够透过墨镜看到玫瑰本色的女人
这是一个能够从威士忌的涟漪中洞察大千奥秘的女人
这是一个高跟鞋一叩
就会让谎言颤抖的女人

雄辩的政客
徒劳地引经据典
弱不禁风的名媛
徒然地伤春悲秋

万物静默如谜
甲虫闪闪发亮
她从时间的荒野里
策马而过

璎珞与傅恒

擦肩而过的车上
犹豫的眼光相互失落
那命运的圆转门
送走了她的背影
你的叹息

一朵深秋的玫瑰
翻卷着绯红色的火焰
像灵魂深处的燃烧

黑夜将尽
甜蜜的灰烬上
铺上了一层细碎的薄冰

这是千年前的泪珠
结晶在
来世今生

题枯荷图

南飞的孤雁
衔走最后的色彩
一枚落叶
悬在水的虚空
与蜷缩的枯荷
顾影相怜

听不见的远方
有一场前世的秋雨
滴湿了每一位离人

什刹海与糖葫芦

从结冰的湖面上
滑入冬天和北京的深处
比寒风更高的天青色
辽阔无垠
如同暌违的乡愁
走过萧瑟
走过阳光下的行人
一切都已改变
一切都未改变
黄叶村的曹雪芹
呵气成霜
糖葫芦的出现
是偶然
也是心照不宣的约定
冰凉酸甜
从舌尖
沁入岁月
语言是多余的

澳门的初冬就像一杯红豆冰

对大半个中国的人来说
入冬的心情
交织着爱恨
添衣　供暖
生活臃肿

大雪与诗意
也会如期而至
围炉对饮
踏雪赏梅
都是佳话

炎—夏
寒—冬
暖—春
清—秋
四季是真实的
一件 T 恤
撑不到霜降

岭南之南
在季节之外
仿佛永远是夏天

油汗和苍蝇
挥之不去

渴望入冬
渴望凉风有信

澳门的初冬
就像一杯红豆冰

官也街见闻

旧时人家
春联犹红
一层轻浅的白漆
封住了所有往事

毗邻的爱记咖啡
（对，是爱记咖啡，不是张记或陈记）
首次邂逅
却已永久打烊

是什么样的变故
打断了时间
以爱为名的招徕
隐隐可闻

盆栽的石榴是遗民
在秋风中攥住一两团火焰
对世事无动于衷

对面的集市
花枝招展
以旗袍主妇派月饼的画面
唤醒游客的记忆
依然是旧时人家

从诗友的草稿中想象淇澳岛

我听到了阳光，沙滩
水中的红树林
听到了招潮蟹，跳跳鱼
大地初生的呼吸
比名字还要生动

我听到了机帆船，万吨货轮
斜拉桥，桥上的车
地平线，触摸机翼的风

上世纪残留的木船
在文明和自然的罅隙
挣扎
乌黑的灶台
蒸腾出古老的黄昏

骑车而来的游客
婉拒了船民的便饭
原因不明
远去的身影，像长长的省略号

田夫与闲农共赏小蛮腰有记

都不分五谷
也无良田三分
却都在想象中
回到卧龙岗

那手摇蒲扇的日子
是飞鸟相与还　山气日夕佳
而不是帷幄中的运筹　气定神闲

早听闻广州府有个小蛮腰
出落得亭亭玉立婀娜多姿
早认定
相去不远　相见有期

2019 年 1 月 6 日的早茶时分
烟雾散去
一个叫闲农的澳门人与一个叫田夫的阳江人
一起透过游艇会酒店的落地窗
看着珠江边的小蛮腰
惊叹不同名不同姓不同籍贯不同工种
却都自命农民

如同诗人杨克
为发现东莞的一块稻田
而莫名欣喜

睹霜剑所摄火柴和空盒有作

燃烧前的平静
或是陨落前的绽放
命运的正反面
难解难分

空盒本非空盒
目击过
人世间最小的焰火
一次又一次

蔚蓝色的盒面
延伸到梦境
久久不舍

戏题冬至

我们走过的每一天
都是黑与白的拼贴
黑夜最长的一天
叫冬至

太阳早早收工
把寒冷留给大地
玩够了捉影子的游戏
人类在背阴处坐下
相互取暖

一碟水饺　外加三两小酒
一切好商量

跨年

也许有雪
也许没有雪

无神论者和信徒
同时打开香槟

彼此的祝福
如同福音传递

无声的许愿
如同祈祷

是的
郝思嘉不会喜欢海明威
却都信仰明天

拉开窗帘
太阳照样升起

写在国家公祭日

阿多诺说
在奥斯维辛之后
写诗是野蛮的

保罗策兰说
集中营尸体焚化炉的那些烟
来自明天

是的，昨天并未过去
弱者的眼泪
洇湿了地狱和天堂

能够在和平年代憧憬锦绣年华
是一种平凡的幸福

这种幸福
并非与生俱来

记住疼痛
并在疼痛中成长

让诗歌成为可能

安静是一场大雨

走出健身房，和雨后的天空不期而遇
几声鸟鸣，抖落雨珠，如同此刻的心情

千年前的天空也曾这样清澈吧
或者说，千年前的天青色，延伸到现在

路灯还未亮，草木都在蔓生
沿着人行道，沿着风的方向

喜欢这种偶遇，就像一只猫探出路边的草丛
就像烦透了说唱，忽然听到一首安静的歌

安静是一场大雨
洗净烦闷与污浊

匍匐的生命需要一次无畏的飞翔

冰舞者把女伴抛向空中
野蔷薇把野性抛向空中
放肆的美丽
恣意绽放
无视界线和跌落的疼痛

最残忍的季节过去了
掺杂着记忆和欲望的春雨
一扫而空

冰面澄澈
天空澄澈
照见飞鸟和自由

屋顶是贫瘠的
等待是漫长的
匍匐的生命
需要一次无畏的飞翔

挣脱四月

风再起时

——兼怀张国荣

倒在楚霸王的末路
倒在最美的年华
虞姬的消殒
如裂帛的风声

巴黎的天空下
三个不羁的东方孤儿
驾着红色敞篷车
呼啸来去

偷天大盗的生涯
席卷一幅幅重兵把守的名画
义兄妹日久生情
无视夺命的阴谋

大哥的牺牲
成全了青春和爱情
衣香鬓影后
不忍书写的传奇

塞纳河波澜起伏
…………

风再起时
华丽已经落幕

华丽再次落幕
用掌声为他送行吧
唱过最好的歌
便无遗憾

千年之前
虞姬翩然倒下
倒在最美的年华

问剑（杨卫东）

与塔雷嘉对视

塔雷嘉，你的手指抚摸金色的屋顶和残垣，像秋天抚摸落叶
西天的夕阳比黄金还冷漠
历史躲在城墙外哭泣。塔雷嘉
此刻适合第六弦上的揉音
一个帝国的丧钟敲响
连绵的群山转过身去。塔雷嘉

谁的忧伤想搬动时间和废墟
曾经的荣光只是棺木上一枚冰冷的铆钉
黄昏翻动书页，像揭开一道道伤口
马蹄声走远，血液变成新鲜的泥土
塔雷嘉，那年从剑锋边滑落的种子
长成树在宫殿边苍茫地绿着。塔雷嘉

那些雕梁画栋上高贵的图案
适合扫弦，适合秋风的刀从山峦划过
那些创造传说的粗糙的手
那些被权柄安放的不知姓名的棋子
总是在低音处荒草般埋葬。塔雷嘉，我看见你怀中的吉他
闪电般照亮天空。是时候了，我和你

我和你带上孤独，带上你的音符
和我的诗歌
在天黑之前抵达下一个路口

西行漫记 （组诗八首）

一 华清宫的石榴红了

今夜我住在唐朝附近。大秦帝国的兵马住在华清宫的东边。石
榴红了
　我抬头看见青瓦屋顶上的半枚月亮

暮鼓晨钟走远，花街柳巷走远
始皇眉宇间的杀伐之气走远。隆隆的战车
在秦腔高亢的鼻音中走远

我和贵妃的目光在七月的阳光下相遇
我因为卑微低下头去，又因为仰慕抬起头
我看见站在她身边的石榴红了

长安，长安。天上的月亮是旧的
地下的人们是新的。华清宫和大雁塔的瓦砾是旧的，喷泉音乐
的旋律是新的

你是旧的，我是新的。历史的忧伤是旧的
我的忧伤是新的。我钟爱的女人
芈月埋在这骊山脚下

诗人说江山是皇家的，山河才是我们的
今夜我住在江山的附近
山河住在我的心里

二　过秦岭

我的窄小遇见你的宽大
七月的天空一无所有。天竺山
与我对视。沉默是最好的语言

隧道连接隧道
历史总是在暗流中涌动。出隧道的刹那
宽大的群山圣人般端坐

我从江南来。诗句小桥流水般纤柔
十里铺的风声和阳光
让我不知所措

八百里秦川母爱般温暖而高远
我多想做一道哪怕最矮的堤

三　武当山，从南岩到金顶

跨上第一级台阶
人就高了起来

武当山的神是真神
武当山的道士在成仙的路上

其实人羡慕神仙
神仙也羡慕人

从南岩到金顶
每走一步就离云彩近一步

登上金顶就只能返回
再向上已无路可走

沿途我看见风和阳光是一样的
即使在这仙风道骨的第一山

我看到天上的乐曲在山中袅绕
这让我瞬间忘记人间的苦

我站在金顶与自己对话
我不怕这场对话被别人听见

四　去敦煌

荒漠。荒漠。荒漠
霍去病的马蹄声被风沙掩埋
司马迁的史笔太沉
写不动23岁的英雄的死因
荒漠。荒漠。荒漠
历史的回声被风沙掩埋

武威，酒泉，张掖，敦煌
边关的冷月照着
戍卒的血凝结着
乐府的笙箫回旋着
汉武大帝胡须上的粉脂闪动着

我不想纠缠在古老与现代之间
我想去敦煌

五　离开德令哈

把青稞留给酒杯　戈壁留给云朵　草原留给爱情
牛羊留给牧歌　荒凉留给诗人
把海子呜咽的琴声和握住的那颗泪水带走
把湖水的蓝色和高原风的凉带走

戈壁把我的语言磨得更锋利
天和地交汇的地方把我的灵魂洗得更纯净
那些奔跑的山峰，那些静止的时间
在一首诗里哭泣。海子
我迟到了三十年

离开德令哈我会重新回到世俗
我无朋的虚空又多了几棵真实的胡杨
你说，这是最后的抒情
把石头还给石头，把你还给世界
把你的纯真和稚气的笑带走

六　青海湖

我喊了一嗓子：青海湖
青海湖就碧绿地站了起来
我又喊了一嗓子：青海湖
油菜花就开成成片的黄金
我喊第三嗓子：青海湖
牦牛、羊群和对面的山都在对我微笑

青海湖的水因为深刻而沉默
宝石的蓝，碧玉的青，水天一色的银灰

这些色彩只是外在的表象
它的内心处子般平静。青海湖
我摸了摸它的体温
它的体温如后现代派诗歌般冷峻

长江水甘甜成母亲的乳汁
黄河水浑浊成父亲的血汗
青海湖水咸涩成诗人的墨迹
花儿唱着少年火一样的爱情
牧场陈列藏民饱满的生活。青海湖
我知道海心岛和鸟岛说出了你的秘密
但那些秘密是我不知道的

我喊了一嗓子：青海湖
群山和花海向后退去
我又喊了一嗓子：青海湖
湖水就在远处沉默

七　在西安历史博物馆

瓷器和青铜开口说话
我沉默。周围是厚重的历史
大周，大秦，大汉，大唐
帝王和庶民在这里没有尊卑

在这里，帝王和庶民没有尊卑
秦砖汉瓦和金银器皿没有尊卑
虎符和酒樽没有尊卑
我看见剑戟上寒冷的血和
宫女脸上湿润的脂粉

石鼓和墓碑上刻满日月旋转
被记录的历史往往不是历史
谁是一粒尘埃，谁是端坐天地间的神灵
时间在昏暗的灯光下腐烂
秦腔活着，因为大秦的龙脉活着

八　月亮沿古长安城墙奔跑了一圈

月亮穿着新衣服
沿古长安城墙奔跑了一圈
陪伴它的有护城河、山羊、山妻、羊羔和两个朋友

它看见帝王把玩着玉玺和子民
它看见宫女新浴后缱绻在荷花池旁
它看见盛唐的一个乞丐
它看见显贵们眼中传递的权谋
它看见挑夫走卒额头上的汗
它看见马背上呼啸的加急塘报
它看见李白转身离去
它看见花街柳巷进出的面孔
它看见仰头吟哦的新科状元

它看见飞驰的车灯
它看见四起车祸残留地上的血迹
它看见拆迁户手中白色的粉末
它看见小商贩不停吆喝
它看见找不到工作的大学生耷拉的头
它看见房奴们羞涩的晚餐和渴望成为房奴的忧伤的眼神
它看见街舞大妈的红纱巾
它看见一个托儿钓上一个外乡人
它看见有关疫苗的话题皮球样踢来踢去

它看见一群农民工蹲在墙角啃着冷馍
它看见高规格的会议室和下岗职工低配置的钱包

月亮穿着新衣服
沿古长安城墙奔跑了一圈。陪伴它的山羊
不知道和它说些什么

一个人走了，他把江湖扔下
——怀念金庸先生

此刻他去了绝情谷还是风陵渡
我在北帝庙前双手合十。黑木崖顶
暮色四合，桃花岛畔满地秋天

此刻他杳然而去，把江湖扔下
一把剑在风中闪着寒光，一声笑
撕扯夜和大漠的沉寂。此刻

他在醉仙楼上畅饮，饮万里孤独
重阳宫中锁千古豪放，燕子坞里
琴声与箫呜咽

神雕侠和小龙女衣袂飘飘。此刻
令狐少侠转身离去
爱恨情仇淡出江湖。一个人走了

他把江湖扔下。此刻
我正读到《倚天屠龙记》的第三回
我有好多问题想向先生请教

秋天系列 （组诗九首）

一　遗言

秋天借谁之口说出遗言
两片薄如叹息的银杏叶
一路漂泊。太阳把生命的灯盏调暗
手指上的温度
比后半夜的露水还凉

秋天呐，积攒了半生的眼泪
都不够用。雁字在长空尽头
草黄了明年再青，花谢了明年再开
我找不到你就
再也找不到

二　陪老岳父去车溪

我步履蹒跚打开窗户。七月的砧声远了。痖弦说
我脱下最后一件衣裳，像秋天
脱下树叶

我看见阳台上枯萎的尘土
像看见自己此刻的样子

我听见尘世的喧嚣。那是我年轻的
模样

这些草和所有绿色的事物
都会历经成熟和凋谢

我已经不知道来路，我在寻找
回家的方向

秋天不是每个人都懂得，懂得秋天的人
会生活也会写诗

当我们从屋檐上摘下老去的丝瓜
有多少人知道它最适合洗净污垢

我把露水收集在记忆的深处
谁会说那就是爱情

秋天呐，有太多值得回想
比如那时我陪老岳父去车溪

三 一只乌鸦从头顶飞过

一只乌鸦从头顶飞过。明天是晴天
道场上晒着金黄的玉米
星星们赤着脚在天上玩耍

远处的灯火暗了。路上的行人稀了
风在台阶上逗留一会
去追赶走远的犬吠声

这是初秋的乡下。秋已爬上屋檐
田野浮在虫鸣声中
竹床上早早沾满露水

我其实想告诉你
我把所有的门窗都打开
秋天刚好凉透我的眉宇

四　秋声

电话那头传来秋声
上弦月还未升起。老家寂寥
我把杯中的身影一口吞下
风在阳台上驻了片刻
像我在人间驻了半生
路灯只能照亮它周围的事物
在它周围之外
我独自在黑夜中感受栏杆上的凉意

一片树叶落下，又一片落下
它们落在地上就不知所踪
一个亲人离去，又一个离去
他们从这个世界消失就再也找不回来
秋天和去年一样
过了此刻又深了一寸
我望着这无边的星空
心比目光还空洞

五　伤痕

磨基山上的秋天比芦苇还深
你始终没有绽开笑颜

那些熟悉的植物和路径
格桑花像闪烁的伤痕

风沿去年的枝头找到我的鬓角
满地的沉默比石头还坚硬

我们拾级而上又折回
岁月在草籽上又老了一年

阳光呢，阳光躲在山的那边
你把红风衣落在山的那边

秋深了，很深很深了
我们不想久留，我们只想回家

六　露水

来，我们举杯
我对夜色说。来，我们干了
我对月亮说

夜那么空，月亮那么孤单
秋虫的朗诵那么
像疼痛

风在柚子的青色上
擦了一把脸
路灯照到更远的地方

我炒了两碟小菜佐酒
邀请两只狗
看着我喝。苏子，陶令，喝呀

露水沾湿屋檐

泪水沾湿脸庞
两声雁叫沾湿夜空

七　表达

我读着刘年《石龙河之夜》
妻子在看余秀华的文章
案几上的茶渐渐转凉。我发现
刘年已经走过为表达而写诗的阶段
直逼诗歌的内核

比如一间房子
装饰得太好也只是外在的
住着舒适就进了一个层次。最好的房子
是刚刚适合安放自己的灵魂
刘年写到巫师吹响的笛
扔进水里的石子把星星们吓了一跳

一群理想主义的火苗烧穿夜
妻子的咳嗽未见好转。余秀华在她手机里
摇摇晃晃，她咳嗽了一声
说困了，去睡了
窗外的雨声像岁月在啃噬生命
秋天总是黑得早，椅背上的秋衣
挂在那，沾满暗黄的光

我又想到刘年的诗，这个行吟的矮个子
把昨晚的中秋夜剪成了一些片段
他没想表达，他只是记录
这就对了。为什么要去表达呢
活着就是一首好诗

八　赞歌

人们在春天把庙宇种在山坡
秋天，众神在凋落中歌唱

一些树木站成孤独，一些花朵流尽血
一些人白发飘过秋天的屋脊
沾满去年体温的玉米在风中游荡

我们总是在天黑之前赶路
在经过水的地方洗净尘垢的思想
在想起故乡的时候吞下泪的苦涩。秋天

天空把雁影逐个擦净
草顺着来路走回大地。只有我们
阳光般渐渐冷却，听到远处的声音

春天人们把庙宇种在山坡
众神在凋落中歌唱秋天

九　微笑

我终于捕捉到了秋天的微笑
高高的天空，低矮的门楣
没有一句话是多余的
没有一棵草尖上的颤抖是多余的

蓝色的忧郁，紫色的梦呓
绿色的忍耐。我们说好了共赴金黄之约

在山谷就停下脚步
风吹不走树，树挡不住阳光
一潭秋水像静止的时间

我终于捕捉到了秋天的微笑
那些挂在枝头坚守的花朵
那些注视的眼神。我们绕开幸福的人们
我们不想告诉他们
熟稔离飘零只有半里路那么远

李白和孟浩然在黄鹤楼边小酌

那是三月。龟山开满野花
那时没有户部巷的小吃
靠近黄鹤楼和长江边可能有一小酒肆
李白和孟浩然频频举杯
也许有一帮粉丝围着他俩签名留念
没有手机和朋友圈
就只能写一首送别诗

那时没有汉街上的车流和汽车尾气
没有万达广场和小广告
没有近视眼研究中心和足疗按摩
没有武汉长江大桥和桥下的乞丐
没有珠宝店和店外躲闪的瓜农
没有儿童城和旁边时装店抛媚眼的广告
没有大学生穿上起义军的衣服卖冰棍
没有一对情侣当街亲吻
没有拥挤的人群和满街飞舞的苍蝇
没有动车从头顶上驰过
没有摆各种姿势照相的"大长腿"
没有小偷正划开行人的背包
没有大甩卖和的士的急刹车
没有臭豆腐隔夜的气味
没有黄鹤楼前卖门票的老头
没有桥头顶着烈日站岗的士兵
没有交警拦下摩托车撕罚单
没有河下呼呼的地铁和地铁上拥堵的城市

李白和孟浩然还在喝
此时正值三月，江边的着地梅茂盛
泊在岸边的船晃动了几下
船头上沾满初春的阳光

花剑（李磊）

我的故乡是蕲州

蕲州是必须要写的，我不能忘本
我的蕲州，奇异的小镇
长江北一个码头
南北文化汇聚，口音独特
闲散而激昂。我长在这里
从一岁到十六岁，瘦弱多病
我熟悉蕲州，如同熟悉背上的伤疤
那些伤疤是在蕲州留下的
而在我伤痕累累的心上
蕲州是最痛的一块
蕲州没有变化，还是一座城门
一条长街，一个让人心痛的女人

雄武门是我住过的地方
历经沧桑，长长的陡坡告诉我
故乡的脚步为什么沉重
斑驳的砖墙，那些标语依稀可见
是我的数学老师宛新华写的
一边是"提高警惕，保卫祖国"
另一边是"备战备荒为人民"
我每天从标语前走过
耳濡目染，铭刻在心
因此，无论我走到哪里

我爱我的祖国，为人民服务
那是我的伟大故乡
播下的最美种子，在我心里生根

东长街是蕲州最有名的地方
那条街好长，八百米扭扭弯弯
像条巨龙，青石板铺成
潮湿的路面，数重木板房
还有清代灰蒙的瓦松
我住在 264 号，最中间的一重
有一个大天井和绿毛乌龟
余拥军住在前屋，一个出色的诗人
作家邱汉华住在大塘旁边
他的文章充满了流水般的情怀
苏州警察程健住在隔壁
其实，他的眼睛很是多情

东长街也叫博士街，好几百名
博士和教授，几乎每一米就有一个
路面凹凸，十几条小弄堂笔直幽静
这样的风水，使学子们深沉刻苦
读书专心，我住在龙尾
一有风吹草动，我就会被故乡抛弃
诗人胡昕住在中间，龙的背上
他写动人的诗，比如月色和阳光
诗风纯美，爱也浓烈
在长江岸边，他和我，向东
还有建新、黄俊和满生
一群有理想的学生，一群情种
躺在草坪上，我们不数星星
只数班上的女生

我最喜欢的女人也住在这里
她是东长街上最美的女人
喜欢兰花，我喜欢的女人都爱兰花
素净淡雅，清香怡人
一种干净之美
我们一起上学，她动作很慢
长长的辫子，头发油亮油亮的
她的笑很迷人，淡淡地不出声音
她爱穿红白方格褂子
浅黑的裤子，走路很慢
所以我们总是迟到
可惜她死了，在一个春天里死的
从那以后，我就不爱春天
那片片飘落的桃红花瓣
也许是她忽隐忽现的影子

我的故乡是蕲州，长江边上
一个陈旧的小镇，街上人声鼎沸
卖油条的人，卖水灵青菜的人
卖蕲艾的人，卖绕节蕲竹的人
还有充满梦想的人，想远走的人
故乡蕲州，在我心里
是如此夺目，以至于我
无论走遍南北西东，我的痛苦
我的梦，还有我的女人
我的口音，都有你
我的蕲州，宿命的故乡
那干净而纯粹、不卑不亢的样子

蕲州人物记忆

谈到蕲州，总让我魂牵梦绕
我的蕲州，是雨湖的一枝莲荷
出淤泥而不染，是雄武门的一块砖石
历经沧桑却老而弥坚
东长街的蕲州，博士云集，名士风流
是从斑驳的木板门里走出来的
是踩着青石板路走出来的
是从幽深的弄堂里走出来的
纯粹而坚强，温情而忧伤

从书本上，我认识了李时珍
一代医圣，一袭白衣，奔波于
大街小巷，为百姓治病，从不收药钱
为他们多病的肌体
扎上针灸，用滚烫的蕲艾水
洗沐人们冰冷的心
一部《本草纲目》，把蕲州人的
仁义与情怀，传遍了四面八方

袁殊，我是从电影里认识的
我一直觉得他不是蕲州人
蕲州人直率，有什么话当面说清
嬉笑怒骂，过一会就忘到九霄云外
袁殊是个多重间谍
把自己隐藏得很深，以至于
日本人、国民党还有各色人等

都无法看透他，他忠诚于信仰
在波诡云谲中纵横捭阖
他历经坎坷，儿子都不认他
他云淡风轻，为共和国坚守着
最后的秘密。他才是真正的蕲州人
忍辱负重，为理想而不悔

还有黄侃，东长街瘦弱的书生
为古老的中国字标注音韵
从此，诗意的中国有了独特旋律
一口黄调，抑扬顿挫，钟鼓同声
我常想：他在注音时，是否想到了蕲州
凤凰山的翅膀，东长街独一无二的口音
特立独行的他，谦逊的他
风流的他，把蕲州的激越和闲散
发挥得淋漓尽致，他一只手高扬
辛亥的大旗，摧毁摇晃的末代王朝
另一只手却温情地点染
美女学生的红色窗花

《白茅堂词》的顾景星，明末的
大才子，故国忧思，一片丹心
赋于数声玉笛，几阵黄沙
有人说，是他写了《红楼梦》
我不相信，蕲州人真实傲然
从不欺世盗名。王忠烈
王氏家族众多博士中最著名的一个
东长街最后的荣耀，创建华氏不等式
联手了华罗庚。他淡雅的笑容
是蕲州人最好的注释
还有刘文星，我的对门和同窗

当年，画一张电影票以假乱真
今天，他创新了中国油画
他画蕲州城：古道沧桑，雨湖雅韵

我，一个普通的蕲州人
沐浴麒麟山的烟雨，荆王府的豪气
从东长街 264 号走出，风雨兼程
蕲州，无论你辉煌或者衰微
总有一滴清水洗涤我的灵魂
在异地，我默默地活着
陪伴妻子，养育儿子，我想：
只要不做一些辱没故乡名声的事
其他的一切都无关紧要

我的苦难父亲

父亲姓陈，江州义门陈
老家浠水巴河，是个军人
在剿匪中受伤，留在蕲州康复
认识了母亲。那时的母亲
一个激情四射的学生，天天去照顾他
在一个春天的夜晚，他们结婚了
父亲常说：母亲是他骗来的
说完两眼放光，一脸的骄傲

父亲喜欢喝酒，常用白瓷缸子喝
他告诉我，军人没有不喝酒的
在冰天雪地里，不喝酒的
要么不敢冲锋，要么是个死人
他喝酒很不讲理，我特别怕他
喝醉了就开始骂我，老子陈姓家族
都有血性，疾恶如仇
你胆子那么小，活该姓李
做个李后主或者李商隐
写缠绵无聊的诗，要么就招女人
诗歌赶不走国民党
枪杆子里面出政权
没有我们，你们就只能喝西北风

平反后，他当了个小官
干得特别卖力，说是要追回青春
他每天工作很晚，累了困了

就把冷毛巾缠在头上
抽烟很凶，屋里到处是烟味
从此，母亲就不与他住一个屋
但父亲是个好人，活得干净
从不挪用单位一分钱
他说：当个芝麻官，要小心谨慎些
那些胆大妄为的人，是党的罪人
父亲活得很累，经常唉声叹气
头发也掉光了，他看不惯
一些欺上瞒下的人，以权谋私的人
还有溜须拍马的人
他说：要是从前，这些人早毙了
别人也很烦他，一些事就不让他参加
却总评他为先进
但父亲不是个好父亲
不管家，不照顾母亲，更不管我
还动手打过我，没有为我做一顿饭
更不会关心我的作业和进步
我从小很怕他，长大后
也不太与他讲话，没什么感情

父亲病重的时候，我去看他
他动了三次大手术，肿瘤很大
痛得在床上打滚
他对我唯一的要求，就是改姓陈
还说他死后，把他埋在巴河
五十多年了，父母死得早，不常回去
死后要陪陪他们。我看着他
我的父亲，一个坚强的军人
此时却蜷缩一团，瘦小的身躯
如同一团棉花，柔软无力

一生正直的父亲，坎坷多难的父亲
忧虑深重的父亲，就这样走了

我对不起我的父亲，在我的诗中
我从未提到他，不是因为惧怕他
而是羞愧。父亲没留下什么
只有几封发黄的申诉信，一本党证
还有一件羊毛皮的军大衣
但父亲留给我很多，他很善良
从不为我用钱，但寄钱养活
一个孤寡老人，我的后奶
他宽容，对曾经伤害他的人
见面也相逢一笑，他一生不顺
却很少抱怨，甘守清贫
我的父亲，给了我血液
容颜和酒量，我无法成为他
但我会做一个让他满意的儿子
恪守他一生的光荣

东长街，我还能说些什么

东长街，无论现在你是繁华
还是杂乱与萧条，还是打碎我的梦
一切都无关紧要。虽说
我期待街边藏有秘密，一份神圣
进入我的身体和血液
我不敢想象那些青石路、木板门
翘起的飞檐、绿色的瓦松
我知道已经找不到了，即使遇到几块
也只是用来围菜园子，或者
当作柴火烧掉。一些辉煌的名字
还有书香门第，弄堂里翻书的声音
早化作街边卖馄饨的吆喝
一阵炊烟，散发肉香或者酒味
因此，东长街，我还能说些什么

不知从何时开始，蕲州变得麻木
仿佛落下的果子，新鲜却无人拾起
东长街，如一本经典书籍的封面
高贵却无人抚摸，我的蕲州
你微弱的温度，其实
在我心里燃烧，我看见
我的乡亲，穿着朴素的衣服
在门前晾晒白菜，准备过冬
简单的生存，活出了蕲州
生命的高度。我宁愿坐在街边
喝豆腐脑，吃两根油条，平静的日子

在早晨的阳光下，看蕲州人劳作
在我看来，卖药的或者读书的
其实没有什么不同，都是
东长街高扬的臂膀，文化或庸俗
流着同样的血液，这一切
在蕲州的舞台上演，完美融合

但是，东长街，你钻心的美感和痛
不会消亡，历史书里刻下了一半
另一半在烟尘中流失，或者
藏在我的心中。记忆没有冷却
带露的兰花，风烛的玄妙观
告诉我：永远的蕲州是不朽的
杂乱的东长街也是不朽的
不是炫目的名字或者李时珍，而是
平凡的蕲州人，说着直率的语言
动作粗鲁冲动，却保持高雅的基因
神秘的力量来自他们，征服
雄心和时间。我的东长街
不是为博士或名人准备的
爱和恨都很真实，普通的我们
容不得这条街凭着记忆活着
也来不及感伤还有悔恨

坐着绿皮列车，去看一个乡下女人

坐着绿皮列车，去看
一个乡下女人，她是我的母亲
在初冬，就穿上厚厚的棉袄
这是江南小站，只停绿皮列车
冷风刺骨，踏雪无痕
一望无际的流水和夕阳

冬天已落江南，断桥残雪
枯荷听雨，美和冷
都让人魂不守舍，也有
笛声和孤独。我的母亲
在一座古旧石桥上，等待
四十多个初冬，我的父亲
终究没有归来，现在
她在等我，那样矮小地等我

母亲是在白墙壁的房子里
长成美丽的模样
夕阳里，听渔舟唱晚
朝霞中，看草长莺飞
在江南的初雪中
她的一生就这样枯萎了
如一枝老梅，一辈子都在等

我居住的城市，盛产
芒果与樱桃，苦涩的番石榴

还有乡愁与短暂的爱情
江两岸高楼林立，灯火闪烁
我买了大房子，但母亲
从不肯与我一起过年
她不想看见我疲惫的样子
流浪，媚俗还有忧伤
她回了江南，小桥与流水
婉转低回的评弹，白雪一样的
刺绣和丝绸，还有扬州八怪
白娘子和晓风残月
我的母亲，依旧坐在门口的
石桥上等我，帮我守护
最后的寒冷故乡

坐着绿皮列车，去看母亲
生命中最爱的女人
赋予我血液、姓氏与善良
她离我很远，也离我很近
浮华的尘世，一切功名利禄
爱恨情仇，都在一抹初雪中消逝
而我的母亲，绿皮列车的
小站的母亲，是我永远的家

风雨瘦西湖

瘦西湖是在扬州，烟花三月
我也下了扬州。没有远影碧空尽
那天下着细雨。我的扬州
是少女娇嫩的皮肤，是风
吹过湖面的羞涩，是穿红衣的
女子，秦淮河上的桃花
溅出泪水的样子

二十四桥的明月，我看不见
我从雨中来，但一场春雨
无法打湿我的欲望
我站在桥头，远处晃动着白塔
我等待你，吹箫的女子
是学一曲瘦西湖的风流雅韵
还是唱一段白娘子传奇
我等待你，桥上风很大，雨湿青衫
我瘦弱的梦想比瘦西湖还瘦

瘦西湖注定与女人有关
与雨也有关，我在钓鱼台
为一个怀春的女人照相
她是我的妻子，我钓的女人
她清新的模样，莫非是
瘦西湖最美的月亮，照耀我
好多好多年

今天，我们一起去看桃花

今天，我们一起去看桃花
粉红的桃花，还有嫩白和深红色的
与你的嘴唇一样美，开放在水边
散发春雨的味道。我们牵着手
在一棵棵桃树下穿过，这种情景
只在电影和小说里看见，我们寻找
太阳里最粉红的那一朵

桃花是一种命运，与爱情有关
每一朵桃花，无论是红碧还是绛桃
都是孤独的，掩藏在黑夜的深处
等待阳光，填充水和光亮
我记得三十多年前，也是一个早晨
我孤独地站在桃花树下，摘下
一朵最美的桃花，还有你
那张让人过目不忘的脸

是谁陪我，走过这一生的梦与灾难
除了你，还有谁？能穿透我的心
和大地的冰凉。执子之手
与子偕老，相知于桃花树下
花开花落，已无法测算出爱的深度
那就请春风作证，让你的桃花
构筑最美语境，在这个春天
一切春天，固守我一生的清凉

二月的雨

二月，柳花飞絮，更多的时候
是春雨下得淅沥。此刻
我们寂静的梦想，像一颗种子
在雨中散落，那些萌发的
或者遗忘的，冷凉的思想
在雨中，也变得格外生动和清晰

或许，我们与生俱来的命运
就是渴望，久旱逢甘霖
他乡遇故知，但不安分的灵魂
注定要在雨中，静静流失
那些忧伤与悲壮的快感，比春雨
更能让我们接近

二月的早春尤其如此，我们
被一缕阳光刚刚穿透，被几只鸟儿
刚刚叫醒，就会有一阵冷风
一场春雨，把生命淋湿
复苏的季节，我们的道路
总是那样要下几场大雨
在熙攘的人群中，当我们转过头来
在雨中拥抱我们的，还是春季

又见滕王阁

物换星移，你独立在大江之上
自由而傲然，目睹滔滔江水
大浪淘沙，首先淘尽的
是阁中帝子，还有歌舞和佩玉鸣鸾
唯有诗人的名字光彩夺目
落霞，挂在冬日的树杈上
与孤鹜齐飞，一江秋水长天
还要埋藏多少风流人物
旧时的城楼，蜷缩的江鸟
小船划过波浪，我在寒冷的洪都
沐浴西山烟雨，回望潭影闲云

一首诗拯救了一座楼、一个城市
和一代传奇，奔波的我在诗中
找寻平静的生活，冷风中的孩子
从此有了温度，激动地手指江水
仿佛在预言迷茫的未来
我常说：一切都将消亡，没有什么
会比诗歌活得更久，诗心闪烁
让所有沉睡的灵魂苏醒
诗歌不朽，诗人生存在书的封面
在记忆里熠熠生辉
巍巍的阁楼因诗歌而辉煌
就像滕王阁，王者不再飞腾
诗人乘着小船洒脱而去

一些冷却的名字，虚幻的舞台
被诗人写成意象，诗人的血
在冬天，点亮这一簇簇枫叶
还有时间和心灵的高度

依旧芳华

无论岁月如何消逝，花朵开放
芬芳留了下来。生活本不高雅
变幻的命运，偶然的风
吹冷了手指，那就紧紧相握
留住青春的根。记忆是温暖的
不会那么轻易地被时光抛弃
而是比时光还要久远，就像今天
我又回到你的城市
秋水长天，归来仍是少年
你的微笑依旧动人，话语轻柔
你依旧是方格子衣衫
粉红的围巾，还有青春的模样

也许，一切并不意味着什么
走在相同的路上，那些
精彩的瞬间会被重新激活，比如：
在冬日的太阳岛上
冰雪纯粹，雪花飘得美丽
在旧苏州的残月里，一抹晚霞
山塘街溪水潺潺，柳影婆娑
几多雅韵风流。我明白了
为什么我们喜欢在一起
或许是命运，或许是轻松爽朗
自由而包容，或许是
灵魂的瞬间默契

没有人知道永恒是什么
浮华的世界，有太多的东西
都会随风飘去，一些名字的碎片
也散落其中，如柳花飞絮
寒冷的冬天，我重新找回
生命和青春的真实
冬至来了，还会冻伤手指和心灵
而某一瞬间的辉煌，却阳光般
在眼睛里闪烁，没有什么
比这些更加美好。不管时间的钟摆
是如何消耗掉热血和芳华
至少我们曾经相聚
青春永不结束，在我的眼中
有那么多白云和流水
诗和远方，还有花朵，还有你

有些时刻，我很幸运

过去的都过去了，花朵开过
芬芳留了下来。有些时刻
我注定很幸运。比如：
我遇到了你，很是幸福
仿佛在雪野里遇到一枝梅
那一束光亮，照耀我的冬日
这样的时刻，我常感叹：
这个世界，原本还是很美的

多少年了，我们是一根藤上的
两条苦瓜，粗粝的外表
有新鲜的内心，还可以入药
治疗浮躁和病态。但我们
都离开了故乡的枝头
你在北方的天空下做梦
我在南国的花丛中写诗
都在寻找诗意和美感
在浮华的尘世，每个生命
都会有几段精彩的台词
在人生的舞台上表演

不必担忧，我只是疲惫
早已把虚名或爱恨看得很淡
我们习惯了自己的生活
善良单纯，所以免不了

被生活哄骗，也有
幸运的时刻，比如这个冬天
就有阳光射入我的内心
告诉我：春天不远

莲花山

到处都是静，阳光朦胧
流水很远，桂花芳香落满山峦
我看见一只鸟停在花瓣上
莲花山，观音的山脉
伟大的手指弹去世间的尘埃
使我这个俗不可耐的人
心也沉静下来，这绝世的美感
是浮躁人间的稀有部分
一个空字写尽红尘万千事
虚无的世界，灵耀九天

硕大的莲花朝天开放，很难想象
这里曾经是搏斗的战场
红岩石据说是龙的精血凝成
粉色的桃花摇曳在夕阳余晖中
青烟环绕天际，红蜡烛映红
浮萍般疲惫的脸，到处都是静
这个世界真是神奇，一朵纯净之莲
消解掉多少爱恨情仇，苦海苍茫
切割出旧命与新颜
观音在上，必须双手合十

诗人的巴黎

我从巴黎公社的旗帜上认识你
从英特纳雄耐尔的旋律上认识你
从雨果的《悲惨世界》里认识你
从莫泊桑的《项链》上认识你
从艾吕雅的《自由》上认识你
从莫奈的《日出印象》里认识你
从巴尔扎克的《人间喜剧》中认识你
从《茶花女》的眼泪中认识你
从《红与黑》的爱与背叛中认识你
从让·保罗·萨特的《存在与虚无》中认识你
巴黎，革命的浪漫，自由的性感
懒散与匆忙，在你身上完美融合
巴黎，你是诗人的巴黎

埃菲尔铁塔锈痕斑斑，但自由和尊严
不会生锈，和平鸽在雨中匆匆飞过
卢浮宫，艺术中透着高贵
中世纪肥硕的女人，比金发的
烈焰红唇更让人心动
凯旋门的红绿灯下，我
向一位警察打听圣母院在哪里
在香奈尔的香味中，一位
红色女郎把口红抹在我的手上
在香榭丽舍，整齐的梧桐树下
女人们为我投来温柔一笑
我突然感动起来，湿漉漉的巴黎

香喷喷的巴黎，五光十色的巴黎
妖娆的巴黎，你真是诗人的巴黎

巴黎，也许你的美藏在塞纳河
混浊的流程中，河里满是梧桐叶
雨果的河哀伤而弯曲
你的美藏在凯旋门的墙上
剥蚀得没有高傲
一座自由宽敞的门，让人
随意行走，甚至丢几片果皮
你的美藏在圣母院的大钟楼上
丑陋的脸洋溢着爱的崇高
教堂里当当飘来上帝的福音
你的美还藏在陈旧的地铁车站
几百年的辉煌与繁华
权力与衰微，在你
破损的隧道中消逝
你的美也藏在绿草平静的田野上
长睫毛的女人在风车下整理
长长的裙子。有人说
今天的巴黎，就是一百年前的巴黎
历史和梦在这里交错
艺术与建筑不容摧毁
爱马仕与迪奥没有失色
巴黎，或许你的美就是不美
香艳中藏着酸楚，庸俗中
透着高傲，庄重中有些病态
巴黎，你终归是诗人的巴黎

在塞纳河的桥上，我喝一杯酒

在塞纳河的桥上，我喝一杯酒
古老的圣佩尔桥，没有路灯
护栏和条凳，褪去花哨与烦琐
两尊中世纪骑士，桥头上持剑而立
桥那头是卢浮宫的大门
贝聿铭的玻璃金字塔
伟大的中国智慧，在卢浮宫的
入口处，熠熠生辉

桥下就是塞纳河，巴黎的母亲河
雨果和茶花女的河，静静流淌
苍蝇船在混浊中停泊
法国，梧桐树倒映在波浪里
树叶飘悠，犹如巴黎流浪的命运
还有浪漫与性感
我也流浪在这里，有好多
不同民族的人也流浪在这里
我喝了一杯酒，在没有月光的
夜色里举杯，几个流浪者
落寞的两男一女，眼里满是羡慕
问我：来自哪里？我说：中国
他们竖起大拇指：瓷器，艺术
他们向我要了一支烟，吸了一口
满足而去。脏兮兮的艺术家
在酒味和烟雾缭绕中
在塞纳河的波影里，在中国
伟大瓷器的想象中，满足而去

塞纳河，你不是我想象中的河流
我原以为，你两岸灯影闪亮
人声鼎沸，性感而贵气
涂满口红的高跟鞋女人，短裙子
在风中掀起，戴礼帽的西装男子
向女人抛来媚眼，至少也得像
镂金刻翠的中国诗人们一样
描摹你，高傲而迷人
但你不是，你灰蒙蒙的两岸
窄窄的街道，没几个行人和几辆车
一大堆梧桐叶在冷风中翻滚
冰凉的护栏上，斜斜歪歪的
字母和画，还有汉字，五颜六色
也许，只有河上游动的白天鹅
是塞纳河最美的情人
白天鹅向我游来，使我有点胆怯
仿佛告诉我：塞纳河就是这个样子
普通而安静，自由而包容
永远流淌着优雅与哀伤

在塞纳河的桥上，我喝一杯酒
不远处的埃菲尔铁塔，还有
其他的桥，在水中摇晃
我想，也许真正的艺术与美感
都来自平常生活
来自心灵深处突然闪烁的那道光
在一张破旧的座椅上，可以写诗
在香奈尔的香味中，在女人朦胧的
眼影里可以写诗，在拿破仑
纪念碑的底座上可以写诗
在巴黎歌剧院的浮雕上可以写诗

在塞纳河的涂鸦上也可以写诗
塞纳河，也许你缺少
中国河岸的奢华与美艳
但我依旧爱你，你的无拘无束
你的自由与坦荡，你对穷人的宽容
对中国艺术的崇拜，打动我的心
在塞纳河的桥上，我喝一杯酒
致敬雨果，包法利的福楼拜
还有野兽的马蒂斯，优雅的贝聿铭
塞纳河，你是真正的自由母亲

新的一天：早餐

凌晨六点，太阳从日本海上升起
此时，我的祖国还在沉睡
阳光的射线分割开波浪，正如
日本女人的精致早餐
我分割一条鱼。我架起泥巴炉子
摆开青花瓷碗和小锅、小碟和汤勺
红色的鱼子，鲜嫩的生鱼片
把鱼骨放在小锅里慢煮
生脆的海苔与米饭相拌
芳香扑鼻而来，日本
在原始的腥味中迎来新的一天

生命在丰盛和美味中开始
这个世界注定焕然一新
让我们加倍珍惜，从此再无理由
在浮躁与伪装中虚度
就像这条鱼，养育我的一天
不可辜负，精细地解剖它
并享受它的每一部分
也使鱼的生命有了价值
这个民族告诉我：人类并不丰富
虚荣无法代替生命的本分
在自然的循环中，珍惜每一次
经过的事物，正如这顿早餐
阳光升起，一条鱼消逝了
而我的生命却活得崭新，淋漓尽致

祖国，我要回家

无论是走得最近或是最远
蓝色的大海，天空和云
湖水如金子般闪耀，清茶爽口
我越能听到故乡的鸟鸣
还有最熟悉的辣味，把我唤醒
现在是中国的新年，我流浪在外
沉醉于樱花之美，一望无际的
夕阳与火焰，为什么
我的心却变得如此冷和空洞
美感与浮华的背后是虚空
活在异乡的人，再激动的旅途
也会漏洞百出

家是什么，家就是母亲
为我守候的地方，就是老婆和孩子
向我抱怨的地方，也许没有
五彩缤纷的龙虾和葡萄酒
没有恭维话，高谈阔论
探讨生命和未来，没有一些
规矩的西装革履
微笑也显得彬彬有礼，让我得意忘形
家是街头那一根油条，放了
好多辣椒的水煮肉片，还有
剁椒鱼头、热干面和湖北鸭脖子
还有灌满乡愁的九孔莲藕
散发香味的湖北腐乳

这些都是日本人不爱吃的
却是我的最爱
我吃了生猛海鲜，弄得全身发痒
只有家才能治愈伤痛

家是旧墙壁上斑驳的水渍
以及堆满旧书和票根的木头桌子
我可以一觉睡到第二天太阳西沉
我可以高声说话，把烟头
扔到马桶里
我也可以在诗中写些
装模作样的爱情
我自由地放肆，自由地抒情
在家里，我才是自由的
因此，我的祖国，我要回家

太多的忧伤，我不想诉说

——悼念金庸先生

太多的忧伤，我不想诉说
先生就这样走了，在天国的路上
是否还要重摆珍珑棋局
或者把绝情谷的侠侣神雕
重来一遍。有人说：
先生走了，江湖再无侠客行
六脉神剑，没有倚天屠龙
书剑恩仇。而我要问：
为什么尘土和时间，总是
首先埋葬善良的人？为什么
我的泪水总是揩不干净
让爱我的女人们伤心

先生走了，把侠义和道义
留了下来，桃花岛上的蓉儿
绿柳山庄的小昭，独孤九剑的
令狐公子，还有
葵花宝典和西毒欧阳锋
是否让我看清楚这个世界
爱与宽容，潇洒与阴谋
是否让我把剑磨得更锋利一些
快意恩仇或者含情脉脉
我爱这片江山，但我不要江山
我只爱我那朴素的女人

先生走了，其实你永远不会走
你住在我的心里，正如当年一样
年少轻狂的我，梦里都是杨过
绝望的心，断了的手，依然在找
鲜亮的小龙女，但最终成了张无忌
优柔多情，空留下满身疲惫
我的先生，你不会走的
只要有人活着，你就会活着
活得无愧而宁静，风骨而淡然
今天，落叶洒满黄金，光亮斑驳
这个秋天，因为你而沉默

永远的你
——献给伊蕾

你告别世界的时候
我正在床上酣睡，窗外
有一片叶子飘落
我的鼾声，证明我还活着
而你走了，一个爱美和爱恋的
女人走了，我唯有沉默

一个人，不能永远睡在
爱情的梦里，不能总在奢华
和美酒中流连，死亡
不再是一种艺术，是你
从梦中最早醒来，握紧拳头
烈焰和情欲，旗帜与绝望
诗歌的泪水，与秀美的发
是你，留给世界的最美风景

在海河之滨，在风雪的冰岛
没有第二个人像你，创设那么多
动词：爆裂、自由、同居
爱与尖叫，你坐在天空下沉思
你看见一只鸟在飞翔
你体会死亡与沦陷的滋味
我无法断定，没有这些词汇和动作
就不能活，但生命只有一次
是你，让自己活得温婉而纯粹

你本可以在冰岛上，等待
一场雪，在洁白的床单上
开放人类隐秘的花朵
或者在咖啡馆里，敲打玻璃桌子
等待一盘西餐，你还可以
装扮成哀怨的模样，让一只手
拂去眼泪，但自由如鸟群
从你身体的幽深处飞起
落在流水和你深邃的画布上
喜欢黑夜的你，勾勒
淡青的眼线，拉满窗帘
伤心或者祈祷，独自漂泊
从此，永远的你容光焕发

桃花的你

——悼念诗人陈超

本不想在秋叶灿烂的季节里
谈到你，更不想
在没有桃花的日子里谈到你
你的一生，稍纵即逝
如一枝桃花，在秋风里开放
凋零和飞升也许含混难辨
但你曾经来过，在脏乱的世界
你用一枝带血的桃花
揭示了生命的美和高度

有人说：在河北，诗人们
必须低头走过，因为一个名字
让我们低头，或者仰望
你是春天里的一个痛，埋在
大地的胸口，你更是秋天里的
一个结，家乡的黄河水
奔腾不息，是你，让流水停顿

桃花的你，原谅所有春天的错误
但秋天却不肯把你放过
你说：太阳照耀所有的人
无论好人与坏人，超然的人
写诗歌的人或者骗子
你都原谅了，但你真是一枝桃花
开得如此鲜亮，而一些脏手
或者干净的心，都想把你摘下

你死了，太阳终于属于你了
黑夜也属于了你
你来过，活得如此简单和锋利
像一把柳叶刀，解剖
中国的心脏和诗歌的胃
但你只想开一枝桃花
芬芳的骨头比泥沙更高一些
比梦想更朴实一些
并告诉我：生与死只是
一枝桃花的过程，但灵魂不灭

和剑（张蔓军）

雷

在天空变得沉重之前
燕子是低飞的，蜻蜓是散落的
我是孤独、静默的

雨点集结，在田上，在天上
我一指戳穿天的荒谬
将闪电接引到辽阔的田野

轰隆声中，河流裂变、道路分丫

阡陌纵横交错，蚁群
浩浩荡荡，向着高处……
捕捉雷电的人，行走在天地之间
——梳理风和雨的过往

夜宿猫儿山

酒后，我沿上山的路
进入一片云雾里
上弦月若隐若现
悬挂在路边的冬青树丫
千万植物构筑成一个国度
各种昆虫、鸟和草木
跌伏合奏着天籁之音
众多脊椎动物
在经年不谢的青苔上舞蹈穿行
它们时而抬头，诧异地望着
我，神一样直立行走
如此亲近地接触它们
我俨然已成为山的一部分
甚至，就是这里的王
虚空中，酒意
有时更淡了些，有时更浓了些
在风还未抵达之前
我提笔，在大地高耸的身体
写下一首陡峭的诗
——《一只叫春的猫》
午夜，猫儿山翻了个转侧

哈瓦那
——题闲农的旅游照片

我知道哈瓦那，它属于
一个纯粹的游牧民族
闲农只是匆匆过客，去过
但显然，他不属于哈瓦那

他仅仅是，用眼睛
触摸草原游牧族去向的人
他发来的几幅图片
量子纠缠般的居家雕塑
莫奈式印象女郎
正如他狡黠的诗题

看不见哈瓦那的帐篷
轻型材建起西班牙式城镇小筑
种上一些椰风绿意
一堵土墙，隔开
城和乡，草原和海
空中的云层，分割开天地

有人在沉默
更多的人在喧嚣
他们都在那里
他们都不属于那里
岔路口，小食档风干的腊肉
隐喻着一些时光
一些远方

小记花剑垂钓图

他以蚯蚓为饵
钓钩垂下，再垂下
给鱼喂食，并非全为渔
丝线和钓竿
传递过江湖的信息
那些为果腹游走的鱼
贼怯贼怯地细吃掉饵
然后交还他一钓时光
他仍然不动声色
像是和它们交流着
水底寂静的修辞
浮标急剧下沉那刻
当然他也会突然抽起钓竿
将独霸饵食的贪心家伙
毫不犹豫清离江湖
他俨然是一位法官或侠客
为鱼类除暴安良
面对着眼前平静的湖水
他觉得这个秋天
比往年来得更缓慢了些

按摩

像只待宰的羔羊
躺上那张很多人睡过的床
按摩师赤掌为刀
仿佛要让整个躯体骨肉分离
剜出的肉放在一边
骨骼放在另一边
跌跌碰碰许多次之后
除了软骨部分相对完好
缺钙的和坚硬的
都有明显的折断痕迹
时间的堰塞湖
装满比洪水更加可怕的干旱
四肢、关节，在一个圆里
曲直，打滚
拧开生锈的头盖骨
有云絮状的气体飘出
哦，灵魂
分成若干部分，爬在透明的玻璃窗
和外面的苍蝇对视
想出的，出不去
想进的，进不来

六月之无题帖

湖与天空相安无事
我和眼前的湖也是
我们变蓝、变黑，或红与白
都和一场飓风相关
从这面湖，可以
发现天空，天空的云朵和飞鸟
从这片天空，却未发现过自己
和被树木遮住的
河流以及河流里的鱼
苍茫大地
亘古的回音
正与锈蚀的日子
谈论着一些事物的态度
世界，那山川、城市
那些人，在放逐的颜色中
在六月，在雨里燃烧起来

湖边书

我是被八月的风吹到湖边来的

岸上那棵老树
在昨夜的梦里开花
花的五颜六色
是盛夏留下来的

一块石头凋落，流水冲过的缺口
它被青苔裹挟
而我，还留在去年停留过的原地

倚着颓废的栏杆
云朵碾过我落在湖面的影子
一根毫不显眼的水草
赶着鱼群把我咬食

身边流连而过的人，手中拿着相机
这个似曾熟悉的光景里
我睁一只眼，闭一只眼

"咔嚓"，我和斑驳的青苔一样
成为某些爱或不爱、幸或不幸的
时间的见证和碑文

我试图再次唤醒并问候世界

又一次站上山巅
四顾，眺望。用 120 分贝呐喊
搜寻云朵、河流的去向
岛屿在湛蓝的远处飘移

我意外地发现一个秘密
海底长满了山的根系
那么，保持水面平静
万物都有对称的倒影并互致敬意

铁匠与榔头

"你可以圆钝，但必须厚重，而且比钢铁更坚硬！"
日子在锻打声中消逝或延长
黑黝黝的煤炭，总是在寻找
新的光，如通红的炉火
我们需要沉默、凝视
瞄准那些物件，锻打出想要的模样
有时将钉子敲进木板或墙壁
让尖锐不再尖锐
有时要借助角力把钉子拔出
让尖锐更加尖锐

入海口

一些东西在对流，譬如
逆风飞行的水鸟
深潜或浅游的鱼类……
出没在晨光或夜色中的船

动机和来路不明
较量，杀伐，融合，交媾
始终不动声色

有些更淡，有些更浓
有些生，有些死……

而最庞大的力量在最低处

有所思

失眠的蝈蝈，叫声落在耳背
夜色辽阔
道路越走越深
尽头，野猫之眼发出幽绿的光
伸展一下慵懒的肢体
像蜘蛛端坐网中

昨天，远方
山腰被云朵咬断
雪覆盖了蛛丝马迹
仿佛铺开一张白纸，就会有星光滑落
记录下伯劳鸟的去向
并让猫盖上指纹

夜，终将寂静
风，会吹过来
深埋的，骨质东西会燃烧

夏日

一片木麻黄
在海边挥动鞭子
时而将风赶下海
时而将浪推上岸
一波波次第重复着
豹纹的蓝色玻璃缸
装不下飘移的岛屿
心中豢养的村庄哦
顺从时光逼仄
有时潜入水底
缄口不言远方
有时留在岸上
听着戛然而止的蝉鸣

别

那时候，多想夜色突然泼下
锁住我们眼中的江南烟雨

那时候，列车呼啸而来
像刀一样切开故乡的体温

柔软的一半留给了炊烟
坚硬的一半驶向了远方

车过儒洞，遇雨

越野车顶敲着音符
嚼碎的岁月成为眼前的风雨
风雨之后的风雨住满了天空
在远方等待的酒杯呵
埋下一座漂流的孤城

藏在云层里的房子黑灯瞎火
傍晚丢失了黄昏
在一首残缺的诗里
我们走到黑暗的尽头
雷电将信仰击落又扶起

滂沱如海的路边
你像一尾鱼幸福地游
明天，两手空空
从远山的缝隙打马而过

入夏的庭院
——又记阳江组

使君子花在门口作揖
相迎一些愉悦和尖锐的事物
入夏的风吹斜了墙角
墙角撞碎了入夏的风
穿过五道黄色的拱门
似乎眼前一切都与五行相关
包括不曾预料的惊喜
那些知名或不知名的植物
自然落下一些叶子
给新芽和果实让出位置
也让经过的脚步发出些许声响
沙石底的水池旁边
蹲着一只花白的老猫
水中，鱼儿不慌不忙地冒泡
青蛙，不紧不慢地叫喊
而老猫懒洋洋地
和我一起
俯视那片沉落水底的天空

2020，与己书

一

在薄凉的纸

坦坦荡荡造句

凿开一堵墙

把黑放出来，把光请进去

让窘迫的肢体盛开着云朵

结算过往，不悲不喜

二

请恕我目光短浅

无法看见百里之外的江山

和身边很多事物

镜子里迎面走过一个人

他有着和我一样的躯体

而我，对一切知之甚少

路途月黑风高

我独自奔走，以哨声为恐惧壮胆

心中住着的国度

警惕抵御着明里暗里的侵略

毛发间的风声，墙角的狗吠

漆黑处的硬物，我不屑一顾

一次次说着外交辞令
和神灵及病毒斡旋
在谈判、交媾中进进退退
所幸：我自坚挺

惊蛰

一

花开覆盖着
残酷的秘密
好像一切
与结果无关
此时大地寂静无声
仿若闪耀的日子
从墙上的挂钟走失

二

之于这个世界
没有什么是最重要的
花开，只是这个多事之春的药引
荒野地，动物们避开人群
瑟瑟发抖地穿行
夜空，繁星烁烁
仿佛有无数眼睛在俯视
人间。万物
泾渭分明

三

路过的她戴着口罩

只露出暗藏秋波的双眼

和往常一样

花朵依旧开放，河水依旧流淌

而我，在春天里假装熟睡

语言变成奢侈

唯有梦，它是自由的

雷、雨和阳光也是

这个充满想象的春天

最重要的是让一切醒来

包括植物、昆虫

野兽和我

深秋的柳条

垂下，离尘土更近些
它钓起堤岸
分开江湖清浊
天空，空得只有风
弧形刀，在风中刻下符号
给延误归期的候鸟指路
我站在堤岸上
看见一位长者
轻捋胡须，和一场雨
保持姿势平行

庭院

——阳江组侧记

打开一道木门，右转
竹叶上停驻的
阳光和风，是属于庭院的
而这个庭院，是属于春天的
假的山，真的水
鱼也是真的
它们一呼一吸，来回游动
让尘埃里倒挂着的时光
闪烁出意外的色彩
墙根的豆蔻类植物正值花期
倒影在池中锦鲤的头上
睡莲盛满昨夜的酒意
在稀疏的蛙声旁边
它们失眠，如深夜
默默不语

阳江组， 有一所房子

不可否认，每一所房子的存在
都是土地对人类的禁锢
眼前这堵围墙
水滴，离析出
一束来自春天的光
多角度倾斜的线条和荒诞的色彩
呈现这幢建筑是自由的
那屋顶的白，它属于雪峰
凛冽地发出一种声音
如时光分裂成碎片那瞬
宇宙恰如其分地
出具一张许可证
让我们尽情欣赏美好事物
和批评它们的缺失

柔剑（张小平）

再致小说家科麦克·麦卡锡

从黑暗到黑暗。麦卡锡，你的眼中
人性的沼泽，遮蔽不了贪婪与爱欲的毒草
亚当夏娃的故事，显然不是耶和华的寓意
你将它写入灵魂，写入人类，写进
三十万年人类演化的记忆。崖壁上
赫然有血的印迹，灵的冲击
风化的白骨，苍白，无力

春风已然吹过南北东西。麦卡锡
你的眼里，我读不出春意
料峭寒风，古道瘦马，长滩戈壁
万物都是耶和华神漂白的骨头
一夜狂风，晚来雨急，那飘落一地的
樱花，是否诉说着挣扎、沉沦的爱欲

从黑暗到黑暗，从阿帕拉契亚山区
到新墨西哥。开满白色花朵的树木
张扬着魅惑的春意。麦卡锡，今天
你，是否走出了得克萨斯的书斋
看辽阔大地，看世事沧桑变迁

看人间从冬到春
是否一样的真理

恶，是你不变的故事
善，却随春姗姗来迟

我不在大雪纷飞的日子里等谁

我不在大雪纷飞的日子里等谁
我有一杯茶，嫩绿的春芽
穿过暮色的庭院
阵阵纷飞的雪花

我不在大雪纷飞的日子里等谁
我有几行薄薄的心经，空寂的文字
越过门前的台阶
晶莹剔透的雪花

我不在大雪纷飞的日子里等谁
三五知己，一本待出的诗集
屋子里忙碌的妻，我的雪儿
素雅简洁的雪花

姐姐

姐姐，我很少谈你，也很少提及
就如一根刺，藏在篱笆里
隐隐的不经意间
伤了，痛了

姐姐，你茉莉花的茶杯还在
母亲给了我，三十年的珍藏
记忆，沉重而苍白
犹如英伦尖尖的屋顶之后
那轮康河上新升的圆月

姐姐，你才是美
天堂与尘世，悲伤与美
想念的时候
宛若黄昏翩翩欲飞
一只蓝色的蝴蝶

姐姐，家乡还有父兄
你和我的姐姐
他们在泥土的暮色中
挣扎，等待

姐姐，母亲和你在一起吗
她走后，我不忍看我们院里
你们爱着的玫瑰
今夏，我仔细数了数
还有三朵

杂草中，她们努力地绽放
好让你们回来时
院子里，还有
曾经的春色

初冬的日子

我从河畔的柳树，看到初冬
叶子已然明黄，妩媚的腰肢
正与康河的柔波，窃窃私语

我从教堂的钟声，看到初冬
阳光，照着尖尖的塔楼
悠闲的海鸥，正在踱步

我从街角的蒲苇，看到初冬
银狐似柔美的手臂
正伸向深邃的苍穹

我从纷飞的黄叶，看到初冬
紧致的叶脉，有风的早晨
坚定执着地奔向大地

时间的步履，轻盈地走过
尘世里所有的苍凉与唯美
初冬的日子，我只想知道

遥远的东方，康河的彼岸
母亲的墓前，秋叶纷飞里
是否有一朵盛开的大丽菊

我从市政厅门前的暮色走过
初冬的落日里，一群群大雁
正飞过头顶

纷飞的黄叶中，一只振翅的白鹭

出门的时候，正是黄叶纷飞的午后
秋天就在身边，恰如十一月的蓝天
明净澄澈起来
夜里，显然落了雨
脚下的黄叶，无处躲避
露水打湿了她们的身躯
暖阳让她们一点点蜷曲

脚尖与她们相遇，不忍踩上
我总说她们是一只只枯叶蝶
风让她们落下
风让她们翻飞
风送她们离开树木，去往天涯

纷飞的黄叶，送来各种各样的声音
英语、汉语、西班牙语，还有文莱
姑娘明眸皓齿的马来语
一如大圣玛丽教堂清晨的钟声
低沉的和弦里，有熟悉的味道
那是圣约翰后花园的河渠里
一只静立的白鹭

这古埃及的精灵，走过时
她正在纷飞的黄叶中
一拍翅膀，飞过
剑桥的街衢

江湖，从不退潮

大闹一场，悄然离去
江湖水阔，小舟已过

小舟，划过剑桥的灯影
小舟，漫过昔日的群山

林中的小道，听闻你的故事
康河的桨声灯影，午夜里
还藏着一只未射的大雕

今夜，有多少无眠
绝情谷，可还有悱恻缠绵
戏台上的鬼魅，面容姣好
少年，却就此落下他的长刀

江湖，你的神话
从不退潮

着蓝衫，衣袂飘飘
秋色正好

剑桥的日子

上午，读书
下午，读书
到了傍晚，就挨着草木

坐下，写字
听经

听鸟儿飞过后的沉默
听月光里草木的宁静

十月帖

秋日，神的杰作
卓越曼妙的卷轴

人间多变的词语
天际处，明暗得体的涂抹

忘情，何须水火？
时间，是最好的毒药

爱的皂角，树的手臂
伸向碧空的枝条

温暖的双眼
那是宇宙的函电

季节里的一切
都好

街角的黄叶，风中恣意地舞蹈
翩翩翻飞的枯叶蝶

曾经的少年郎，一个人
拈花，微微一笑

从康河到康河

江南的水乡纵横在伊洛的河渠里
康河的氤氲，渐入了湿润的梦境
村西头那北湖的荷塘，九月
依然盛开着红莲
两头尖尖的小船
游走在伊洛东面的湖面
是穿着红衣，还是身着蓝衫
梦中的水乡女子
恍惚间，她划着康河的小船

真正的蒙太奇
无须大师的摄影眼

从康河到康河

三十年的出游，原是
为了归途

乘风而来

午后。康河水畔
水波轻轻地摇动
金柳在风中叹息
一次诗意的邂逅

你想在海滩上种花
你要在市侩的额头上写诗
有人在喊志摩吗
康河，论剑的诗句

风中，泠泠作响
不曾追寻。却一直寻觅
寻觅风，寻觅能在风中
筑巢的国度

就在这里。你，一直
都在等候
等到风。等到另一个
来自康河的女子

乘风而来

江阳中路 131 号

从江阳中路 131 号笨拙地走出
不再回去了
再也不回去了

那只有着满脑袋忧伤的小猫
那朵总开不败的紫色豆荚
那棵一年四季都在墙角画画的李树
还有那条隐秘的小径
走过一次，惊魂一次

路边的草丛，新住了蟋蟀一家
楼下的楝树，去年又开始发芽
月季旁的花架，多了三株曼殊沙华
我种了六年零六天的六盆兰草
今年，不会挂满洁白的小花

江阳中路 131 号的小小公寓
有着七岁少年的梦
也藏满了一条大河日夜奔腾
靛蓝色的春夏秋冬
它终究是我的
江南草堂

江南草堂是虚拟的
虚拟的江南草堂，我将它彻底放生
从此，江阳中路 131 号

成了水乡一座普通的房子
他们住成什么样子，我不会知道
我只记得
草堂的窗外，曾有一棵这世上
最美的红豆杉

飞过

一只白鸟从窗前飞过
我也恰好驱车而过
淮北平原上，栾树们挂满了黄花
秋色烂漫
一个人，一辆车

一只白鸟，独自飞过
她飞过远处的田野
也飞过近处的湖泊
尘世的原野
温暖而又明澈

我们谁也没说话
一只白鸟，她
正独自飞过江河
也独自飞过自我

锵锵五人行

一

相约去新疆。就这样
我们行色匆匆
锵锵五人行
没有厉兵秣马
乘长车，跨骏马
过黄河，经兰州，上张掖
戈壁，沙滩，苍凉的嘉峪关

中原的女子，血脉里流淌的
原是大西北爽朗的风
吹过来时，笑声都
脆生生的

二

大西北的苍茫
你是知道的

大西北的辽阔
你是明了的

大西北的疯狂
不到魔鬼堡，你怎么知道

磊儿，多么娇美的人儿啊
她穿起红衣，大西北的沙漠
瞬间，有了风

而我，借着这红色的长风
恍惚间，江湖就在身后

长剑在手
一剑封喉

三

出得嘉峪关
奇袭戈壁滩
中原的女子，临行前
分明带了江南的一树菩提

看不到黄河的粗粝
听不见戈壁的狂啸
额尔齐斯河那柔美的云朵
早已揉碎了昆仑的锋利

看，茵儿一脸惬意
那分明是天山赐予的一柄柔剑

北去的中国河，大西北旷野上
她，刚柔并济

四

剑已出鞘。我们下了天山

金山玉水相逢时
瑶池的蔷薇
只献给喀纳斯的碧水

图瓦的木楞房里
禾木的清风
今夜，他
乘呼麦而来

近了。近了
薰衣草的甜美
分明是荆姐姐
如花的笑靥

五

白云如清风般温柔
清风如三月般温暖
站在晨曦间
我们如春日的杨柳

胯下是飞驰的骏马
耳边是哈萨克少年的芦笛
只需那横背一飞
那拉提大草原，瞬间
就是春天

我们来了

那拉提大草原，你是天上与人间
的边界，悲伤与美

柳儿，来
且在这神仙的臂弯里
以歌当酒，我们
满饮一杯

喀纳斯，我的新娘

喀纳斯，我的新娘
今夜，我是你留在江南的图瓦少年
楚吾尔的柔美，是你的秀发
云杉和白桦，是你的衣衫
乘着呼麦的骏马
我只想与您拥有这
叠翠群山

喀纳斯，我的新娘
你是天神的眼眸
遗忘在北疆边陲的一滴眼泪
今夜，从江南到漠北
从华北到边陲，我只想
赴这八千里的约会
穿越戈壁的寂寥
历经沙漠的苍凉

喀纳斯，我的新娘
从江南来，我却带了一枝
阿尔泰山雨后的蔷薇

鹧鸪的样子

其实，母亲没有走。是我走了
选择了山高水长，不再转身
不要做第三次回望

人生，不会踏进同一条河流
生命，对于自己，也是外人

清晨第一缕晨曦从邻家的房舍升起
东墙边的梧桐树上吹起紫色的喇叭
风吹过来，总有身影淡淡来去
那是母亲坐在故居的西廊下
或者缝补或者纳凉
一把蒲扇摇走冗长
一杯清茶送来清凉

楼下的珊瑚树上，暮春时分多了
一只鹧鸪。夜里，她站成了影子
从窗外看我良久，她欲言又止
之后，拍拍翅膀，不见了踪影

鹧鸪振翅飞走的样子，是我
初夏时候为故居写就的诗行

落日又一次消失

从旷野里走回。我看见落日
又一次在大地上消失
冷风敲击着湖面，蹒跚的野鸭
穿过虚无和寒冷

回家的路上，车子追逐着车子
我看见焦灼的乌鸦，夜色，飞过曾经的村庄
一道道沟壑
一扇扇门窗
忧伤的老人，双眼低垂
倚在干枯的房门

华灯初上的城市
无数漂泊的灵魂

来次作别

——和问剑兄的忧伤

春天了，问剑说他要和春天做个了断
忘记忧伤，忘记春天的那些风花雪月
毕竟，麦子兀自在乡村的田野孕育着
青涩的桃李，需要等一场春雨

谁说诗人就一定懂得忧伤
谁说诗人就一定背负沉重的责任
谁说诗人就一定在泥泞中前行
谁说诗人要为人类的灵魂披枷戴锁

我不是诗人
我只是偶尔写写长短行
让长长的句子盖住我的忧伤
让闪亮的意象遮蔽夜路里独行的迷惘
当然，偶尔与你的眼神相遇
你明白我曾是你，而你也是我的影像

够了。作别春天后，我要拜访很多地方
比如月亮，她总照亮眼睛的忧伤
比如西窗，她总敲击心底的微澜
比如那条川流不息的小河
总在纸上，缓缓流淌

夏日帖

一

窗外的红豆杉
这个季节，重新挂满了果子
像极了我去年冬天的眼泪

鸟儿，来过。走了
他衔走的是他的季节

杉树的心情
与眼泪无关

二

睡梦中我紧紧地抱住
自己的灵魂
那是七月的阳光，拥抱满树的鸟鸣
隔着红豆杉的浓绿
他们谁也不懂谁

说说风花雪月吧
谁说她只属于苍山洱海
就在睡梦中，也只在睡梦中
我的灵魂
有风
风中，我认真筑起了一个新巢

睹青岛栈桥观鹭有感

这人间还有如此美好的事物
鸥鹭在自由地飞翔
海鸟伸展洁白的翅膀
远方，一声声海浪到达的地方
那是东海之外的日本海
您曾经说，要挽挽裤腿，跨过海峡
那里有您钟爱的远方

轻轻地抚摸您的额头
用轻柔的语气认真地告诉您
此一去，不再与他（与您）分离

这人间还有如此美好的事物
我要带您回到曾经的时光
就如我们那年一起去看海
栈桥边，海浪拍打着您的双腿
而我也正轻轻地摇动您的身躯
睡梦中，应有一只洁白的鸥鹭
他有一双自由的双翅
浩空伸展九万里

灵剑（薛武）

七剑广州行

带着飞跃的可能，一飞冲天
广州，此在和彼在的边缘

飞机落下时，地铁口有一行诗
从扬州，到广州
轻松地流动，是季节错乱的源泉

霜，承载雪花的心情
随着风，直抵魂灵

问，诗是什么
论出和入的距离

断，是一种留白
柔柔的，康桥的声音

有些花，勾连所有时空

脚下，是坚实的土地
我要坚守

海景房

抖落一身思考
转身而去，就是漫天的繁星
或者，海面上点点流萤

灌木是你的眼睛
小船是你的心情

窗户是时间的屏风
起床，有风

空中，满满的飞行轨迹
忽隐忽现

人在水中，水在房中
心在空中

冬祭

透过巨大的玻璃窗，火
刺透夕阳
那清澈的池塘，满满的
潜藏的时光

晶莹剔透的食指
这是将军的命令，江南
洁白的雪花，都
没有眼前的风景漂亮

裸露的枝干，向上
再向上

田野里掩埋的春光
走漏了风声，随着铃铛
传遍了苏杭，每一个
大街小巷

快了，快了
休眠的总会醒来
有些声音随风而逝
有些声音

骑士，四骑士
马蹄声声

号角就要吹响

数字时代

我对数字总有偏见
第一，第二
第三

数字就是文明
一切都在生灭之间

诗歌，咬紧牙关
审美，韵律，节奏

关键词，整齐的队伍
继续向前

高楼刺破天空
小草伸出地面
底层躺着，横七竖八站着
这就是文明，数字化的台阶

这些光鲜的尸体
谜一样，忽隐忽现

环状的物事

我随手，就是一缕尘烟
踏入真实的世界
这一脚，声音的波纹荡漾开去

翅膀，湿透了雨天的记忆
一抖，便碎落了半个虚空
这些排列整齐的词汇，密不透风

堕落越深，感受越重
明明白白

一些环状的物事
一些长长的脖子

穿越之前
我也曾经相信

我要走进草尖

机器运转的时候
太阳还没有落山，秋的
末端，火红火红的

红砖墙数落着，斑驳的
影子，一阵风滑过
与梦之间的距离

爱尔兰奶酒，与我的目光
一样，冰冷，带着后人类的
温度

我知道一切，都在
0 与 1 之间，徘徊

西睿，我们还是
不见也罢，我要走进草尖
哪怕美，就是那一丁点的
记忆

松鼠，闪电般
离去

让自己的牙齿， 更加锋利

在这个尘世，谁
让自己的牙齿，更加锋利

切割，厚重重重的幕

后面是什么，这些
嘈杂的声响，愈演愈烈
冷冰冰的刻度，和面具一样
深不可测

一不小心，音符
脱困，便飞向
摩天大楼一样，自行车
滚动在，大街小巷

那一年
那扇灰色的门
那个你，弹着吉他的印象
那一声嘶吼

在这个尘世，谁
让自己的牙齿，更加锋利

爱人

我会在瞬间迷失
花开的时候

箭在弦上
一阵不期而至的悸动

你说你思念我
总之绝非空穴来风

遇见是最大的玄奥
众妙之门

缘法或者因果

顺流而行
还是逆流而上

迷离失所

万千情绪
滴落
大雨滂沱的清晨

无风

据说……

一

据说，猫以为
比它小的都是猎物

据说，蜜獾的眼睛里
一切都会缩微

据说，鬣狗没什么痛觉
无知无畏

据说，人定胜天
文明就是征服自然

二

没有等级，哪里有山川河流
流瀑飞檐

没有底层，哪有积极向上
攀越险峰

三

我知道一棵野草

哪里都可以生根发芽

野火无非一场淋浴
春天是赤裸的重生

四

其实，你们可以继续自以为是
装扮
享受游戏的快感

而我，眼光刺透一重重人造的迷幻
陷入更深层的
涅槃

习惯

任何笑脸，都不是熟睡的理由
就像存折，或者地板下的
珠宝，还有聪明的
蟋蟀的琴弦

任何爱恋，都不是放松的借口
就像夏天，或者抽屉里的
借条，还有狡黠的
知了的歌喉

那些温柔，刀子一样
惬意背后，就是
黑枪

习惯，是最安全的朋友
习惯，是最危险的敌人
牵着，飞跃的自由

我知道每个夕阳
我知道每个晨曦
血，送走光明
光明，从黑暗中脱颖而出
死守，死守，不眠不休

我要打破这些常规
日出而作，日落而息
还有你，许诺的
自由

花

当我把一枚符号，从心空摘下
那滴着血的光芒，从高空坠下

此时，不该有风
这是，另一个体系

鸟儿，还在窗外
叽叽复叽叽

没有莫名惊诧
这些，几千年前埋下的
伏笔

枕边，盛开着
一朵巨大的
梦之花

无中生有

我看到 C，或者 A，要么 B
我知道这些意味着什么
沿着台阶

我在春天播下，野性的种子
他推着轱辘，上山，下山

放大镜，看不到几个鲜明的口号
D，F，E

秋天的落叶，铺满金黄的前程
抉择，从边缘，到边缘
田里，一片荒芜

骨子里的，心安理得
字母，数字，象形文字

没有选择的路
躺在符号的床上

花事
——读方明的《交会》有感

在成长的岁月，以一抹新绿
或者，血一样的青春
书写狂欢，她的记忆

她端起夕阳，酌一口陈年老酒
成长的岁月，又在眼前
又上心头

或许，她是我的前身
或许，我是她的梦

打开的花瓣
娇羞的褶子

一生，再现花事

琥珀色的眼球

谁在月色中弹琴，那流水的声音
谁在花瓣中前行，那孤独的身影
谁，一人
一个异样的早晨

谁，随风，凌乱的衣襟
谁，踏波，万里无痕

谁，拂过金色的节奏
谁，在大雪中，融化

黑夜，是有翅膀的
就像缥缈的歌声，就是天下

谁在，语言之外漫步
光，站在幽暗的枝头
像禽兽一般，衣冠楚楚

谁，在歌唱
谁，在倾听

历史

斑驳的笑脸
绽开，墙面的皱纹
夕阳总能刻下
以前，一角翻滚的风

羊皮卷镌刻微暗的火焰
地下深埋着，一层层残骸
一直等待，野蛮人

有些角落，无人问津
删去的字符，丢弃的垃圾
草稿中的段落
盯着环环相扣的篇章，唯美
无用的奢靡

天国一直和谐
天使们不知疲倦
一起歌颂，赞美一个声音

地下，高空
高空，地下

先锋艺术

云张开大嘴
它便伸出爪子
划过眼神，彩虹一样

文字在蠕动，白纸上
凄冷的光
油彩在画板上
牙齿在烟斗中央

舞台躁动着，他们都说
没有希望

这是最好的

这些变形的线条
扭曲的意象，虫孔都黯然失色

我喜欢标签

太阳出来了
明天，就起航

信仰

一

比赛，是另一种战争
战士们披挂上阵，没有人围观
有些人操弄球市
有些人操弄球场
有些人操弄幻想

二

飞机在自由上面，盘旋
下面是海洋
我在呼吸上面，掂量
汗水流过，刺目的夕阳
透过都市的缝隙
一缕微弱的，透明的玻璃窗

三

昨晚的月光
琥珀一样，挂在脸上
低沉的浮云，告诫我们
莫忘初心，坚定信仰

看海

牵着一只猫
去看海

蒲公英娇嫩的手臂
露水晶莹剔透
我看见风

脚趾拖着湿漉漉的影子
转眼间淹没了时空
有天使拍打翅膀
有七彩

我渴了
喝一口水
点燃你焦灼的眼神

黑夜会过去的

在猫的眼里

黄昏的金光
贴着每一片叶子

鸟儿低下头享用晚餐
松鼠欢快地拥抱松子

猎豹蜷缩着
等待舒展的一刻

羚羊端庄而优雅
踱着四方步

棋盘上的杀机
步步紧逼

庄稼要膜拜农夫么

棋子要膜拜棋手么

我们要膜拜神灵么

在猫的眼里
一切都是它的

琥珀

一棵树
一条溪流

一颗心
两处居所

高处　便能心猿意马？
王者　只是稍微优秀？

幽冥之处的抉择
信任或者死亡

为何禁忌
总和生机有关？

一行浓重的松脂
一滴深情的泪水
一次刻骨铭心的爱情

一块晶莹剔透的琥珀

霜剑（朱坤领）

徒步 （汉俳）

浓荫掩山径，
鱼跃湖水戏花影，
背囊竹杖行。

扁担 （汉俳）

石轻米粒重，
竹节中空心坚诚，
爱挑世不平。

春 （汉俳）

枯藤丝竹声，
早樱喧妍禾雀鸣，
韵圆曲亦工。

紫玉兰 （汉俳）

南国寒意尽，
雪借风骨梅借魂，
花开玉堂春①。

踏雪寻梅 （汉俳）

初日催人起，
岭南梅绽冬来迟，
雪重马蹄疾。

---

① 紫玉兰在广州又称玉堂春。

春江 （汉俳）

丹青碧水长，
渔歌清亮山迷蒙，
孤舟溯春光。

枯树 （汉俳）

根深萦巉岩，
龙干虬枝气悠然，
枯心问九天。

乡音

家乡
是满树的梨花
是树荫下的古琴
是铺满深秋的青苔

我伸出手
接住的却是思乡曲
轻抚琴弦
黄河的浊浪滚滚而至
裹挟着红荷与雪花的香醇

那支烂熟于心的曲子
每到弹奏
要么双手迷失归途
要么曲谱走调成乡音

初冬

回雁峰的鸣叫
把衡阳之南的我
拉回时令

长白山的洞穴里
灰熊已经入睡
昆明一如既往地
错过寒风
三亚海滩上的人们
阳光浴指向北方
广州继续打开电扇
吹拂黄叶和菊瓣

芦花和雪花
揉成一团的梦里
我掏出心爱的陀螺
在那条蜿蜒的河面上旋转

我在黄河岸边的山石上
打磨那把从不封冻的霜剑
唤来第一场雪
为雪松和木棉加冕

我是一只候鸟
穿越广州、昆明、三亚和长白山
把今年的第一片雪花
夹进书页，制成标本
飞回童年

一荷清香的雨声

一管残荷的清香
回忆着去年的雨声

凋谢的桃花
还在池塘边眺望

一只刚出壳的鸟儿
模仿蛙跳
新荷是最美的踏板

冬眠的青蛙
活动着腿部的肌肉

蝉鸣和雷声
蛰伏于池底的新藕

我顺着笔杆奋力一跃
抓住红莲的闪电

五月

石榴树与太阳合谋
卷起一场
铺天盖地的大火
催熟了五月的故事
打麦场上
孩子抱着母亲
衣摆在风中飞扬

石榴

我用心
把五月铸成一座
火焰的圣杯

你的眼睛
闪烁着满天诗行
夏夜的银河
发出澎湃的节奏
冬醒的小溪
唱着清澈的歌

中秋月圆时
你睁开眼睛
一滴滴
晶莹饱满的微笑
注满我的圣杯

四季

不知不觉，已经
过了心动的时令
春花秋月，夏荷冬雪
属于十七岁那年的雨季

我要心懂
闪电划过我的眼
洁白的琼花从天而降
还可以做梦
在这个多雨的季节

秋语

秋天再一次
传染节令的发烧

大地是一个饱经沧桑的
老者，白色的睫毛
萎缩成霜的形状

陈子昂的幽州台上
徘徊着李白的孤月
陶潜的手
和菊花一样冷
柳永的蝉
叫得比心情还要凄切

雁群捎带上
另一个我
衡阳不是终点

我紧抓秋风的双手
像苍穹一样空空荡荡

孤零零的酒杯
欲说还休

地铁

全城都是
热恋中的情人
罐头里的沙丁鱼

距离、远方和白日梦
穿梭于二维和三维之间
挤压得喘不过气

市政厅大楼上的钟表
睁大迷离的眼睛
广场中央的喷泉
凯恩斯、马尔萨斯和弗洛伊德
的圣杯，注入了兴奋剂

这里从不为堵车纠结
也没有刺瞎眼睛的阳光
冷兵器时代的战场上
绷紧弦的弓箭
争相簇拥着发射

转车，到站
狱卒打开大门
阳光投射下
薄如蝉翼的影子
爬行、游泳或飞翔
朝逼仄的作坊
四散而去

主席台

——闻扶贫状元陈开枝事迹有感

那些高昂着头
言辞滔滔的
只有主席台记住了他

那些弯下腰
默默贴近泥土的
只有主席台忘记了他

诗人的过年状态

背一包诗上街叫卖
短诗五块
长诗八块
打包清货
三十二块九

隐喻、意象五折
修辞、感叹赠送
错误、别字一赔十
不卖多义、跳跃和朦胧

白纸·英语史

这张白纸上
战马跃过，词句蹚过
诗人吟游过

跌宕起伏的雷声
吓得课本一声尖叫
教室鸦雀无声
任由我轻描淡写
风雨大作

日耳曼人入侵
取证盎格鲁萨克森词语
维京人留下烧杀抢掠
威廉指挥一众法语
在英伦三岛横行
英语的征途刀光剑影

课件一片安详
没有商船和舰炮
没有莎翁戏剧的对白
只有约翰逊的词典
在风中一页页地掀开

炸雷压倒了我的声音
学生玩手机的姿势宣告
英语史
就是一张白纸

江湖侠客行

——致金庸

从漠北到江南
从侠客到眷侣
一把剑纵横天下
一张弓射雕江湖

不是黄蓉和任盈盈
眼光太浅，而是
郭靖太傻
令狐冲太痴
他们不懂得江湖

爱得越深
恨得越执着
恨得越深
爱得越痛苦

红颜和酒
是一样的颜色
水深，风高，浪急
出水才看两腿泥

常混江湖的
命中折戟任我行
最不谙世事的
左手举剑
右手举酒

心举着爱人
江湖侠客
选择退隐江湖

大侠金庸
看透了人性和世道
来时书剑恩仇
去时笑傲江湖

诗意七剑

论剑

你与雪影挑灯摆擂
论东西，古今和酒量
你手抚天地，心中
翻腾着南海虚实的波涛
游向诗文的彼岸
做一面性灵的铜镜
用闪电照亮苍茫

花剑

你还没饮，酒杯已醉
旋转成花布格子的诗
秋波于蕲州的大街小巷
义门陈岂可退化为李后主
你那把侠义的剑，舞出
巴河永不凋谢的桃花
不羁的大别山和长江

问剑

你在茶园和菜市场
搜寻诗性的小路
吟咏文字、修辞和酒香

你找到了百里洲春天的灵魂
撒播雪花的种子
遍翻岩缝里的草根
也要找到山羊的诗行

和剑

你远离尘嚣
捕鱼南海边
钓起一串串闪亮的诗行
用诗性的词语
填补精神的空当
你誓做一个逍遥自在的田夫
耕耘在心灵的农庄

柔剑

你是一只展翅的白鹭
微醺的海浪和云朵
惊起洛河的情愫
飞越中原、淮扬和意境
你举起那把刚柔相济的剑
随性删削竹简和文字
写下禅意渺渺的诗行

灵剑

你跨上瘦削的思想
做着西楚霸王的梦
在诗的草原上信马由缰
你老酒的思辨

醉成菜园的童年
和文字的韵律
在盛世的江水里流淌

霜剑

喝醉了，你漫游后现代都市
亦真亦幻的音乐和风景
疯癫似你的词语
沉思着连天的珠江
无酒时，你构思青梅竹马
两小无猜，与雪花为伴
在村后的小河徜徉

七剑之友诗作

杨克

新桃花源记

灼灼桃花
像一滴滴溅在树上的
爱情的血

少年鲜衣怒马，举步生风
辜负了夹岸的粉颜
枝头上环佩叮当，招摇十里春风
一朵红，黯淡了千山

仗剑天涯的翩翩公子
拱手一别，花开花谢孤寂千年
直至桨声咿呀
葛衣麻巾的武陵渔郎，摇醒
别有洞天的世外桃源
哪一抹笑靥，是转世的桃花
哪一步盛放的，是前世的羁绊

桃花劫桃花债，命犯桃花
涉水复涉水，逃逃逃，逃到烟之外
春风江路上，不觉到仙家
桃花髻桃花腮桃花眼
终于安心这不寻常的山水
桃花的精魂月白风清
飘洒遁世了无牵挂

而今武陵溪上，骤见你临水梳妆

桃花乱落如红雨

问津亭，豁然台

姑娘含羞，桃花也含羞

触碰了我内心的那一念

若是桃花你不开

姹紫嫣红也是苍白

此时，南山依旧嵯峨在远天

东篱的菊花怡然自得

我写下的诗，就是夷望溪和厮罗溪

飘落的桃瓣

流到仙源陶氏族谱，第二卷第十六页

一回头桃之夭夭，灿若云霞

落英缤纷的此刻

记起我是五百年前负了小姐的书生

庄周的蝴蝶在梁山伯的身体醒来

晨过石壕村兼怀杜甫

暮投石壕村，月亮
一把明晃晃的弓刀
夜夜捉人自茅檐柴荆
而洛阳，而西安
而咸阳，摇摇晃晃中
再重的行囊，无非是乡愁

乌黑发亮的一块焦煤
闪现老翁黑黝黝的面容
石墙还在
崤函古道依稀可辨深辙浅壑
石房、石窑、石桥、石洞
满沟石头一个劲地述说
这就是石壕村

再多的颠沛，无非是诗句
如缰绳拉着马车
满载着安禄山踏碎的
河山，秦中百姓的号哭
刮一川风雨
这世上疮痍，每一个醒着的字
都成了难民

新安、潼关、石壕
大写的"史"字横着一条扁担
挑成了吏。一头是国难

一头是民穷，一头是
你的悲悯，一头是你的
痛斥

如今我晨过石壕村
露湿青苗，泪染一部诗史
少陵台，杜工祠，都不足
匹配你丧乱时代的大爱
清狂谁不羡？来，裘马啊
放荡谁不想？走，齐赵啊
三十岁以前相遇谪仙人
三十岁以后唯见老杜

自此，遣胸中块垒
营大唐苦难的丘壑
"子美"，因先生美文
战乱熠熠生辉。紫台纵连朔漠
青冢横向黄昏，数朝消息断
历代雁过尽，你一把老骨头
是丰腴唐诗中最冷硬的钙——

如今我遇见一千三百岁
史上最清癯褴褛的诗人
在石壕矿，杜甫就是贫瘦煤
焦炭不可或缺的骨架
笔底袅烟，心头堆烬
增添了诗的浑厚和重量

你的后进苏轼在岭南
苦中作乐，日啖荔枝三百颗
伴朝云，食东坡肉

你以苦为苦，用淋漓的鲜血
酿诗歌的甘露，只有你感时
花溅泪，恨别鸟惊心

比你，我多了一座义马新城
比你，我却少了一个石壕村
不朽的诗圣，如今已安得
广厦千万间，又怎大庇
你的天下寒士俱欢颜？

子美，你未过此村时，老翁老妇自开自落
黎民苍生同归于寂
你暮投石壕村，此时此刻
便从历史纵深处明亮起来
再多的悲苦，也抵不过你当年
投递在诗句上的安慰

曹宇翔

灵水村鸟巢

在太行山，与北京城之间
一个黝黑的鸟巢，悬在半空
暮春的灵水村，此刻恰是
正午时分，拾级而上的古旧院落
山墙，溢出桃花和寂静

仰望啊，一棵巨柏盘旋欲飞
辽远汹涌的湛蓝淹没苍穹
一定有什么事物去了天上，或从
天上来到尘世，在大地和天空
之间，留下一个幽深黑洞

你体内一个孩子爬上了大树
空中宅第回响乡村乳名，喜鹊窝
还是斑鸠窝，鸟儿衔枝编织空中之筐
递给大自然之神的篮子，必定
装过雪花、星辰和春风

东去天安门三十公里，距你童年
大约二十米，被万物和往事团团围住
鸟巢，像一枚图钉摁向蓝天

悬浮的沧海永不脱落，云帆水声
天际远影，内心的波涛平静

复活了你人生的全部记忆
生活热情，对大地的爱

祖国之秋

今日你徒步走进秋天的广场
深秋了，天已转凉，菊花开放
风把四个湛蓝的湖泊运向空中
空中，缓缓驶过云霞船队
空中，雁翅划动季节的双桨

用歌声迎接大地起伏的歌声
在澄明的秋天你看见所有人民
城市，乡村，太平洋的波浪
甚至看到你远逝的童年，祖母
干草垛，一个孩子摇响铃铛

这原野、河流，这落叶、果实
每天，广场升起一面旗帜
每天，土地长出一轮光芒
一切都是值得的，内心幸福
你笑了，想起曾有的一个梦想

谁能不爱自己的祖国呢
"祖国"，当你轻轻说出这个词
等于说出你的命运，亲人，家乡
而当你用目光说到"秋天"
那就是岁月，人生啊，远方

汪剑钊

桃花将我一把扯进春天

墙角，残雪清扫着最后的污迹。
在连翘与迎春花之间，我独自徘徊，
为植物学知识的匮乏而深感羞愧。
冲破海棠与樱花的围剿，桃花

将我一把扯进了春天……阳光下，
花瓣轻落，仿佛亲人相见时
滑出眼眶的泪滴，……而附近的方竹
端坐如初，保持君子常绿的风度。

哦，这是来自诗经的植物，
也曾浸染一泓潭水倒映友情的佳话，
在历史的诋毁中闪烁香艳到朴素的美：
"桃之夭夭，灼灼其华。"

花径，拥挤的行人尚未数尽
蓁蓁的细叶，却比满地的脚印
更早进入衰老；而脚底的一粒尘埃
恢复记忆，想起了绚烂的前生……

草原是一面绿色的镜子

草原是一面绿色的镜子，照彻
都市人忙乱的灵魂。一只鹭鸟衔起信仰的种子，
飞向山峰之外的山峰……
风景肯定高于诗人的想象力，
晚霞随意甩动鳞片，直抵月亮素净的内核。
蒙古包是彼此独立的星星，闪烁
乳白的光芒，相互映照……
绿，绝非普通的颜色，
在特殊的气温下经常转化成行动，
代表无名的隐子草，对沙丘进行朴实的表白。

珠日河，劲健的马匹久已不闻战争的狼烟，
它们困陷于栅栏，面面相觑，
偶尔在沉默中发出长叹似的悲鸣；
扎鲁特，乌力格尔传说中忠勇的仆人，
这威武的骑手抽动马鞭，溅起芬芳如蜜的花瓣……
黄昏感染着创世之初的寂静，
山坡上，晚风轻拂夕光流溢的敖包，
在缤纷的风马旗中，一条蓝色的哈达格外炫目地飘飞，
仿佛绿镜子的一道折光，
映现人类遗落已久的那本通信录……

祁国

想念

把耳朵贴在自来水水管上
听
听远方那条河的声音

哗啦啦
哗啦啦
哗啦啦

打开水龙头
水龙头颤抖了一下
没水

大雪

一个走路的人摔了一个跟头
一个骑车的人摔了一个跟头

他们一边摔着跟头
一边哈哈大笑

我一边看着
也一边哈哈大笑

为了降低自己摔跟头的概率
我一出门就先主动摔了两个跟头

方 明

地铁神话

在黑暗里伸延着交错的脉络
这个世界的旅客更短程
输送着及时的约会或
速食情爱

彼此擦肩却窒息得生怕呼吸
会泄露心底之秘密
坐姿麻痹无视上落车厢的生命
匆促如窗外一瞬剪影

驿站之间的偶思无法治疗
缥缈的乡愁　地面上无限美感的
卢浮宫、巴黎铁塔或圣母院
此刻都是岁月里抽象的神话

混杂族群添加香水蒸发的体味
让人必须学会收敛纷争的议题
如斯近距观察异样的肌肤与表情
你开始迷思与惊讶上帝的创世

宴终

奢华排场随着
唾液狼藉相觑的杯盘
喑哑倾倒

最易收拾交吻过的觥影
肥腻浮溃的余馔
染红桌巾的酒腐烟气
当然还有溢泻各种颜料的
调酱文化

最难清擦的
密布氤氲里臆测的谣言
无须印证的私密隐痛
还有大方漫步的奉谀与妒忌
至于鬓香舞影媚眼俊笑的勾当
永远是人性无忌且呛辣的肥皂剧

最无法扫除的
遍地流窜的贪庆与诱饵
而盛装掉落的戏谑殷勤
总是与毛发尘土一起混凝

思无邪 （之一）

用琴声推却世俗羁绊，
守护一丁点自我的空间，
还有那短暂的时间。

长安一片月，
万户捣衣声。
惆怅，感觉到了
秋风不徐不疾的
悲凉。

昨夜的梦里，
分明有一股香气。

晨曦晒融了我的叹息。

剩下的，是沉静。
窗外的细石上，
一滴露珠
闪烁着
微光。

读切斯瓦夫 · 米沃什

曾几何时，我亦如是。

以前也抽烟，甚至是雪茄。
现皆废去矣。

而我对感情的记忆，满是
混乱、愧疚、沉重和恐惧。
现正渐次地褪去。

什么时候可以重回
那不知所谓的
自由？

冯倾城

高阳台·登南昌滕王阁

遥对西山，近依南浦，负城更又临江。杰阁重寻，一时意绪纷扬。流丹耸翠层霄上，是思成、仿宋摹唐。千三年、卅劫难磨，饱历沧桑。　元婴画蝶今何在？论千秋胜事，最是思王。一序长传，顿成莫铄金章。落霞孤鹜齐飞处，看长天秋水苍凉。更开怀、俊侣相携，正待高翔。

石州慢·畅游庐山

秀极匡庐，幽绝洞天，曾是仙宅。汉时司马长游，唐代青莲欣历。谢公屐齿，遣兴复有东坡，醉吟又岂无居易？上溯望千秋，觉风流飘逸。　名迹！好山藏鹿，五老峰南，尚留书室。九叠屏风，影落明湖青碧。银河倒泻，纵目瀑悬前川，飞流直下三千尺。爽气荡尘襟，助凌云词笔。

田原

蝴蝶之死

一个阳光明媚的晚秋
让我在午后突然收拢住匆匆脚步的
是路边差一点被我踩在脚下的蝴蝶
起初，我以为她是在歇息
等我蹲下细瞧
才知道她已绝了呼吸

她一定是刚死不久
头上的两根长须还在随风轻摇
细长的腿还保留有抓紧大地的力量
阳光穿透她戴着墨镜的眼
斑斓的翅膀折射出凄凉的死亡之光
死去的蝴蝶是美丽的
她的美丽在于
死了比活着还显得安详

她的死让我想起许多美丽的词句
但什么样的词句都无法描绘出她的死亡
我下意识地
用手指把蝴蝶小心地捏起
放进禁止入内的人工草坪上

这可能是对她最好的埋葬

那块草坪我永远不会淡忘
在站前东西大马路的第一个十字路口
一根高压电杆旁

与鸟有关

飞来飞走
其实是鸟儿们自己的事情
但这一举动总是牵动我的思绪
包括它们有时听起来像唱歌
又像恸哭的鸟鸣

阴霾的日子，它们用翅膀驮来
远方的阳光
暖亮我灰暗的内心
天若放晴
我阴冷的室内又因它们的
啾鸣而充满生气

活着的鸟
见证着我的死亡
静止在画册中的鸟
感受着我的鼻息和目光

即使在黑暗的梦中
鸟也犹如闪电的精灵
留下歌声后隐去身影
让我记不住它们羽毛的颜色和眼睛

我常常面窗而坐
想象中的鸟
便带领着一场暴雨而来

猛烈地抖动翅膀
像滂沱的雨滴
砸向大地

它们常常饮水和洗足的河
变得乖戾
河湾疯狂地长草
让毒蛇的嘴潜伏其中
让弯曲的河水流过树冠
和枝丫间的鸟巢

而所有的这一切
都发生在一层透明的窗玻璃间
薄而脆弱的玻璃
是我与鸟和世界的距离

有一天，从树顶上飞走的鸟
像一团火光
一闪即逝
它留下的一声长鸣
让我平静的心为之一惊

龚纯

启明星

小时候，我就见过那颗星星
在东方黎明的夜空中。

其他小星无一不远去，只有它自己
留在自己的位置，独守寂静。

澹泊与灿烂交相辉映的时刻
远未到来。天空与大地会为伟大事件作准备。

四十年一晃而过，再见那颗大星浮现天边
我在我的生活里一事无成，已然老去。

希望和指引，乃至想象却仍旧悲伤地
存在于老朽之躯。

光明与热情，将永远献给
这个不停涌来泪光与潮汐的世界。

——我唯一所爱，将永远是
我唯一所爱。在黯淡世界不可垂直的表面。

一切重新开始

又将是春天了，一切重新开始
太阳送我们到城市深处，也到城市边缘
辛夷和李树，还在那儿生长
熟识的人们还在那儿安居，到处
都充满了怜惜与不舍
——空气似乎也会描绘某种行动的讯息
所有人都在一起，在雨雪后
在水雾中。
没有谁离开，离开的也已回来。没有谁
饥寒交迫。没有谁，孤独死去。
所有死去的人
都已经死去，所有活着的人
都将得到奖赏，哪怕脸庞布满沟壑
早已不再年轻。
——这世界多么美好，此时正属于我们。
晾在晾衣绳上的衣服看来
多么喜悦，我们的一生
等到清洁和畅的时刻。
就连最阴郁的头脑，也正常起来
最乌黑的梅枝
也迎来梅花与喜鹊。
我们将再次赢得大把大把的好时光
没有谁能撕毁这不需要汗水
血泪承诺的，神圣的、伟大的契约。

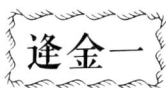

小仓鼠

躲在雨点儿看不见的地方
离开妈咪的叮咛
在懒惰的花猫耳朵里
筑起自己的宫殿
冬天只剩风在外面
你开始寻找朝臣

花生宰相，玉米粒将军
绿豆书记，蚕豆门卫
你夜晚庄严升帐
胡须痒得雪儿冒汗

小苗苗也被请来做客
玩了一冬天，又
还给春姑娘
猫来了，蹑手蹑脚
小苗苗机智地把它绊倒

幻想

上帝说过
当我死后
那片好看的云彩
将以我的名字命名

我可以自由徜徉
走遍四面八方
也可给你些梦
诱你漂亮地仰望

当我走倦了
还可变成小雨
下来
轻敲你的小花雨伞
叮叮　当当

fly 酒桶

星空

"在某个未知的时间，从某个一直对我们

秘而不宣的源头——"

这安静的、喧嚣的

布景台，令人昏昏欲睡的

支离破碎的图画

赋予大地一贯的明静

和清澈，并滋养它

痛苦，寻觅

饱受煎熬的心灵

当我再次仰望，俗世的欢欣与落寞

无论生，还是

死，在此刻

都必将与你碰撞成巨大的裂痕

这往生自在之物

向我，向你，向着这大地上的所有投影

向日渐贫瘠的心田

倾泻你母亲般

辽阔的安慰

对火车的一次身份置换

静寂中，总有一列火车翻山越岭
驶向未知的城，总有一个英俊
的男人，在偏僻小站上
一次次踩灭一个烟头，又一次次
点燃另一个。陌生的床铺
干净，又肮脏，必将在一段
快要逝去的时光里，将这个男人
再次丢下，车轮的
转动，一截截枯枝在春风里
抽出的新芽，都是上天的
一次次神谕，你知道
此刻你或许是伊莎贝尔、娜塔莉
洛丽塔，是梨花和雪
自此，远方铅色的天空
开始接纳云和飞鸟，溪边的小鹿
开始怀想细小的花蕾

孟朝岗

梅 （汉俳）

鸟去梅愈静，
不羡绿叶不羡风，
独倚雪晶莹。

布达拉宫 （汉俳）

墙红树葱茏，
冰清玉洁绕梵宫，
天外传经声。

席宏斌

虫洞

把那些用坏了的旧时光
装订成一些诗
让虫子去蛀　让墨汁生锈
斑斑点点都如此玄妙
如此平静
幸福普通得让你想哭

浩大的终将虚幻
冷暖如此渺小

树在沙滩上
枯荣　风化　深刻
一边是水一边是夕阳
江山　人类　爱恨
都是时间刻意留下的

很多很多的灯光
被拉断的开关绳保留了
整整一夜

结绳记事吧
除了一些声音
露珠也是星辰

幽香未必是草木长出来的
桂花的凋零并不凄美
月光的寒冷
是银色的
干干净净

路过一条河

路过一条河
水边没有洗衣服的小媳妇
坡上没有金黄的菜花翠绿的芦苇
树林里没有拥抱亲吻的爱情
水面上没有紫红的菱角嫩嫩的水花生
路过一条河流的时候
我是在深夜醒来
风里有很多颗星星
船舶的窗口亮着灯
风漫四野里
迷路的人们
落水无声

李志岭

江湖之畔

泛舟芙蓉湖，远远地泛舟寻你，却听说
你，也驾一叶扁舟去了

欸乃声中，风泉霁净，秋光照如美人
远山峻嶒，岸花为水草掩映，就这样
漂

漂不多远，就身在江湖了
路过

王维的禅
是落在山涧的桂花
老子的道
绕着山，流向远方
孔夫子的琴声，还在杏坛缭绕

直到，芙蓉老了，我们都
各自到画中看去

断岸千尺的滩头，深草掩映，水涯外的
茅屋，一缕茶烟
顺着孤零零的椰子树
爬上
月的眉梢

杭起义

浮萍

命运的涟漪早已将之从宽阔的水域远远推开
它们只能选择随波逐流，跌向更低的洼地
而一双无助的手，仍然紧抓流水不放
托起自己，泊回岸边
这些沿途漂来的浮萍
像街角一群无家可归的孩子，靠在一起
一阵微风，就把它们轻易吹散

┌─────────┐
│ 晓澄   │
└─────────┘

我坐在每个陌生人的身旁

我坐在每个陌生人的身旁。
烟花点亮错以为春花烂漫，
一群人喝茶、刷朋友圈，

落英才是对于盛开的定格。
滚动着的土城，燃烧着的森林，
海里的地震波及陆地，

夜幕凉凉地不以为然。
我和小女数着星空，
拼命地搜寻希腊神话，

误导的知觉最先于当真。
孩子的当真是游戏的开始，
人的生熟味像是碰碰香，

坐在院子里看自己的盆栽，
熟悉的其实最陌生。
行车行到湖边把那儿当作海，

海会发号施令而水草不会。
一个乡的国民生产总值

只约等于一根桥柱，

农家的生活水准高于城市。
我在最初抵达和最后离开时
遗忘了一把用了很久的牙刷。

陈蓉

月下读你

你是含入唇边的银河
吹出涟漪秋波
我悠悠泛舟
如梦如幻

你是不能逾越的河流
淌出唐诗宋词千篇
我撷取浪花一朵
一生足矣

你是高山仰止的峻岭
绵延岁月千古流传
我遥望中惊鸿一瞥
心灵的庇护就有了

你是彩蝶
你是花好
你是素衣月圆　　高山流水
风流吟诵只一字一句
诗歌漾起　　月华满地

你是何日君再来的慨叹
你是明月几时有的天问
你是流浪者的故乡
无边光景唯有你
胜过永远的人间四月

解斌

苏州印象

透过了阁窗
你对镜梳妆
一抹嫣红
青花布衣裳
相触的目光
一扫了哀怨与惆怅
于是乎
我做主角
再活一回西厢

易生诗梦

我是岁月流浪的一滴泪

我是岁月流浪的一滴泪
终身找不到流出的眼眶
就像一个在困厄里翻滚的人
找不到生命的出口
泪水已经被手掌握得发烫
脚底着火
老套的母语组合荣耀高雅的殿堂
挥掌推一把庙堂里的大小尊神
计孤独把我点着
纵然我如同佛前燃尽的蜡烛
也愿照亮虔诚的诉说
当所有的人读完月亮开始醉酒
我依然坐在母语的小船里雕刻自我
其实我就是一粒盐
闪光只是在融化之前的那刻
当日子把我折叠成人们喜悦的那种形式
我会分成两半
一半装进花瓶里养鱼
一半滚进人的味觉
我不在意化成肉体的享受
也不期望胃肠对我的认可
我庆幸这大好的机会
让我

探视到人心的冷暖深浅
我即使死亡在黑暗里
也心安理得
我痛苦的价值
就是要结束这流浪的
灵魂

岩子

告别风景

起风了
树叶雪片般摇曳而下
黄艳的白桦
赤铜的橡
绛紫的山毛榉
如花的地毯绵延向远方
还有你的背影
一片树叶——我听见——
咚的一声跌进冷寂的沟涧

我自是不会去怪怨你
黄昏追踵不回首
山暮莫待落霞晚
更不会出声地流泪
让你察觉在我内心深处的隐痛和忧伤
这红尘间从来没有一成不变的永恒
爱到地老天荒不过是青葱豆蔻的痴梦
我竭力保持着一副满不在乎的镇静
对河水的速度
不再怀有哪怕是星点的期许或侥幸
任凭它绿了又蓝
宽了又浅
凝结

终止流动
…………

毛蕊花预言，今年
将是一个漫长的严冬
但我并不打算逃往春天
只想守着一盏烛，温暖
或许被你不愿记起的约定
在一个深秋的夜晚

史潘荣

写给荷尔德林

那一天，风筝纷飞，燕雀低回
我问：等雨过后，天就会晴吗？
都说：会的。天晴了，却是灰色
我的心情会否也是这种颜色？

我开始想念起更远的北方：
一群鸟，一座山，一缕炊烟……
各种要素蘸着颜料，像一幅画
轻轻洒向碧玉般的天空

诗意的栖居只不过一句诗
那些奔波在透明城市的脚步
那些醒里梦里酣畅的呼吸
以及流动在脉络中的蓝色血液

水晶般绽放在春天暗哑的枝条
现在都已经远逝了，顿觉
谁都无法永远躲进诗歌的贝壳
那么，我该向人类深鞠一躬！

雅风

遇见康桥

无限的夕阳，
送来温暖的清凉；
晚秋的黄叶，
洒下斑驳的光芒。

圣洁的云彩，
飘在康桥的天空；
教堂的钟声，
唤醒尘世的性灵。

看落叶缤纷，
仿佛那飘曳的时光；
遇一方灵石，
轻吟着志摩的诗行。

灵石旁的雏菊，
不是花儿，是天上星；
随风散落人间，
依然做着新月的诗梦。

如梦伊人，在水一方，
你向着青草更青处漫溯；
秋水疏影，落霞孤舟，
我坐看水静云闲一帘秋。

在康河柔波里寻觅，
你甘心做那一条水草！
秋水中缥缈孤鸿影，
我照见你轻盈的诗魂！

轻轻的你走了，
我寻着你诗魂而来；
曾照你的新月，
照亮了今夕的云彩。

七剑之友诗作

李佳霖

北京冬景图

宫殿

冻在冰雪的湖里

孤零零的宏伟算不上

什么

和北极冰缝里搁浅的鲸

和冰层里镶嵌的死猫

自行车

或者一尾鱼

一样

最好是一只孤独的天鹅

凛冬的兵马太快

万物来不及撤退

收拾细软逃难到春夏秋任何一个

国境去吧

每个末代帝王　在都城倾覆

奔弃社稷

那个火光漫天的下午

都这样想过

国之气运和宫殿、自行车、死猫一样

镶嵌在冰雪里

时光里

像钻石镶嵌在它的戒托里

到永恒结束那天

可一想到春天就要来临
我便不由得
为这句话
懊悔

新性灵主义诗城首届新诗奖入围诗作

冠军诗作

孤儿

张倩茹（山东泰安）

"多余人死得无足轻重"
台上的法官念完白纸黑字的最后一句
手指徐徐降落
少年的眼珠吸收了玻璃里的白光
五脏被搅碎　变成飞速游走的石块　潜去
最后一位父亲葬身鸟群
人群围绕在黑色的岸上
而黑色只是一团火
并不能为世界增加一个孤儿

亚军诗作

气息

黄华（北京）

我在厨房煎鱼，触摸到柔软但失去活力的鱼身
记起昨日教堂的枪声，十一具不再呼吸的身体
安息日，十一位犹太人正为新生儿祈祷，被射杀……

"生命之树"，一个象征绿色和希望的名字
秋雨潇潇，枫叶正红，转瞬间化为鲜血汩汩流淌
空气中弥漫着死亡的气息，伴随身边疾驰呼啸的警车

平静的山丘，不再安宁，四方的评论扰乱觅食的松鼠
它们忙乱地蹿向树梢，期望用高度代替不安的死亡气息
松鼠认为足够安全了，但在人们眼中，家不应该是这样

季军诗作

八月有雨
贺绫声（澳门）

八月有雨
覆盖沉默的
是你前生剩余的泪

从黑夜鱼贯而入
童年的梦中情人
在清晨
来回吞噬我的爱情

窗外许多花儿灿烂微笑
却没有一朵
开进时间的心里

其他入围诗作

玫瑰与老人
周建国（黑龙江齐齐哈尔）

不知道它从哪儿来
他粗糙的手再不会刺痛
他们都尴尬
各自揣着

长椅子将一切——摆放
路灯在白昼里
玫瑰红了，胡子白了
它们会以何种方式分开？

他误入歧途在衰老处停靠
它故作姿态，有一次
它们的田地满是灯火

剑客之梦

宋军（安徽蚌埠）

剑客，素装潜入春天的花海
捕捉蝴蝶的梦
不知何时，误入黯然凋零的桃花中
没有人打听，也不知道藏匿在鞘里的血渍
曾留下一片腥臊味的汪洋

剑客，提头来见我
一个个都是自诩大侠的性情中人
在一首诗里无规则打磨
两三个生锈的字，还是那么锋利
还是那么自在逍遥

寂静之地

卞云飞（江苏扬州）

门刚打开，有僧人在扫地
其实寺院里也没什么落叶，
只是一些灰尘，被扫帚上的竹枝
一小撮一小撮归拢着
这些灰尘，有点像来自我们心底

一串鸟从风铃跌宕的塔尖飞来，
像珠子落地，又弹起……
在这里，再精致的台词都显多余
在这里，接近自己，就等于
接近了佛

无题

席杨杨（澳门）

世界在晃
我们踩在一块摇晃的板子上
身后的调侃很响亮
一条小径穿过一件碎花衣裳
平行世界，春天要来
花朵娇艳，姑娘漂亮
情绪、关系、流言蜚语潜滋暗长
这些腐臭不能滋养那些芬芳
世界在晃
我们踩在一块摇摇晃晃的板子上

影子

李清（美国康州哈特福德市）

你给我看眼前的青草地
"父母将会埋在这里"

相邻的墓碑是簇新的
那儿坐着个哭泣的女人

延绵远处的坟地长满了树
枝杈间跳跃着几只松鼠

天上的太阳还像当初
照着我们用力相拥的影子

红心柚

夕史（浙江余姚）

透过它我望见
穹庐之下霾噙着泪，沉浮行人眼底
经衍射我听闻
混凝土里善恶回声，演绎处世悲喜
那是一颗红心柚，可我终是蹩脚的词人
只知歌颂岁月抽离，亦找不到宏大的韵
呼唤风雨，封印情绪，使之永恒诗行里
然幸而由此
我拾起联结的枝，并长成独立
将虚妄抵御，与柔情偎依

破戒

施秀娟（广西桂林）

来路，戒掉的诗像蝉蜕，零落枯树败草丛

丢弃的意象，蛇皮般蜷缩在寒夜最深处

方块字溃不成军，东倒西歪，趔趄在巨大的滑坡上

踉跄着跪拜墓碑，横竖撇捺散落坟地

土丘下掩埋的是圣贤大德还是至高无上的神祇

高地一片又一片沦陷，星光微渺，黑夜裂隙

疑是魑魅魍魉推杯换盏，抑或朝阳将破壳而出

一阵风对我耳语：希望在人间。再破一次戒，你看呵

一茬接一茬，桂花之后还有桂花

入冬，俯拾亦有落英。苟活者，且听山与水说

孔雀

盛祥兰（广东珠海）

春天是孔雀身上的羽毛
蓝和绿是它的胎记
一次开屏，就是一次演出

一朵花开累了，就谢了
而它不能，你看
它打开翅膀，打开繁华，打开盛名
也打开一生的寂寞

我听见许多鸟儿
在暗夜里扇动羽翼，试着东南飞
但始终没有扇出一块，有价值的绿

有一尖利的汽笛划过

陈忠毅 （湖北宜昌）

竹梢风动。径直走进那高深莫测的
宅院。烛影摇红灯光下，
送上沉甸甸的五百金。
四只手作秀般推来推去，赶忙
补上了最简洁的四个字：你知，我知。

月亮由白变黑，声息如枯井一样死寂，
猫头鹰也闭着一只眼，初雪乍落却不留痕迹……
有一尖利的汽笛从电视屏面
划过！两只手生硬地推开两只手。
一阵穿堂风送出不容置疑的回音：天知，地知！

一个神秘主义者的春天

陈童（山东济宁）

一个神秘主义者哼着歌催眠大海
纪念日的玫瑰绽放
沙尘暴将黄昏与黑夜调和
我们在雨中被埋葬
天空潜入海湾
滚滚春雷震慑大地的腐尸
他们死后
就一直围着夕阳不停公转

禅坐

庄晓明（江苏扬州）

树在摇曳，我映在树上的影子
在禅坐，屏息

风在掠过，我的衣袖在摇曳
但它并不是树叶

我禅坐在自己的影子里
试图进入世界宁静的中心

但愈接近中心，我愈是感到战栗
而不是摇曳

夜行

钟一晖（澳门）

击碎明灯一盏
光华与之同灭

蒙蔽了的眼睛
天地为之潜形

蓦然
黑暗的深渊，有几星萤火浮动
这不死的小精灵，迎风呐喊

"夜行人，请勿踌躇
东方的曙光，已经点燃"

聆听童年

齐亚蓉（新加坡）

闭上眼
在故乡的山水之间
吹过耳际的寒风
瞬间变暖

聆听
流水诉说的童年
河底的石块清澈透明
山顶的云朵一尘不染

风骨凛然的树枝上
一只麻雀一动不动

用头顶起生活的哈尼女人

米夏（本名李松梅，哈尼族，云南蒙自）

咳嗽声从长着荆棘的菜地里传来，留守寨子的哈尼女人
用头顶起背篓，里面装着粮食、蔬菜、木柴……
爬着陡坡，雨来了，泥泞弄脏脚，风湿疼
当她们摇晃到公路上，会有汽车、摩托车从身边驶过
黄昏，鸟儿归巢，孩子们热衷于远方、城市，背井离乡
明早就会开的山花，高山啊
荒芜的田野，留守的老人、儿童
请原谅我，不好意思，赞美她们

三十年
——怀念海子

杨校园（澳门）

石头挥舞着一株麦穗，像他
一样，执拗的指纹里塞满了
太阳，山，
和古铜色皮肤的人，低吼着
拔出根须捆绑的脚，眼眶里
不是泪水，是比酒还要坚硬的大海
和破碎的春天，破碎的马，撕碎的日记

祖国啊，祖国
那道陈旧的伤口依然淌着热血
就像瓦尔登湖湖面荡漾的碧波

流星

金斯利（澳门）

我向天许愿
你便在银河中坠下
即使再拼命追赶
祈求抱紧划过夜色的银针
亦赶不上你无声地陨落
仿如荒漠里点点飘雪
偶然遇见了
未及掌心便在目光中溶化

却在我心中穿过

秋天

九月柴人（本名何沁兰，广东珠海）

秋天，我从出生到死亡
在炎热的夏末怀胎。在寒风渐起的晨昏死亡
我用我的一生去爱它。热烈。近乎完美
积蓄了一生的能量在燃烧
漫山都是红透的树叶呀。枫树。乌桕。黄栌
寒霜满天。月落入海
我以为秋天会随我一起。我们去另一个世界永生
它微微扬手。秋风吹过。我坠落
我只是秋天的一个秋天

一个午后的离别

慕高峰（湖南常德）

世界会安静，我会在你身边
扎一排篱笆，种一片花
蔷薇是红色，还是白色
这都不重要

瓢虫路过沙地，蚂蚁匆忙
我在阳光下看你的侧脸
麦穗拔节，稻谷丰盈
布谷啼鸣在你的眉梢
我要不要
笑着和你说　别哭？

有一种人或鸟

——读周梦蝶

法卡山（本名罗诗斌，湖南衡阳）

写诗与不写诗，有何区别？
文字上的苔藓，远比武昌街骑楼下
的小书摊更倔强。关闭了欲望之人
活着，像雨，有滂沱的悲伤
你的舌尖，有咸味的禅。李白或杜甫，鸟或人
过去或未来，都不过是孤独国的一个词根
或史册上的风声

无赖至极，就蘸着苦咖啡，读一页页枯瘦的日子
那薄薄的幸福里，有自己清寂的倒影

附　录

新性灵主义歌诀及概说

龚　刚

新性灵主义歌诀

独抒性灵
四袁所倡
厚学深悟
为吾所宗
智以驭情
气韵为先
一跃而起
轻轻落下

新性灵主义概说

新性灵主义诗学源于创作、批评、翻译实践的心得，包括四个方面：

（1）诗歌本体论。其要义为：诗性智慧，瞬间照亮。

（2）诗歌创作论。其要义为：一跃而起，轻轻落下。

（3）诗歌批评观。其要义为：灵心慧悟，片言居要。

（4）诗歌翻译观。其要义为：神与意会，妙合无垠。西人有格言曰："Roads in the mountains teach you a very important lesson in life. What seems like an end is very often just a bend." 如以陆游名句"山重水复疑无路，柳暗花明又一村"对译，可称妙合。

新性灵主义歌诀衍

李志岭

率意而动
无往非情
须弥芥子
出处从容
卷舒六合
去来鸿蒙
实者虚之
有无相生
砥柱中流
静极而动
存乎其心
神而自明
反求诸己
道不虚行

后　记

　　《新性灵主义诗选》是继《七剑诗选》之后，七剑诗社的第二部合集。七剑为论剑龚刚、问剑杨卫东、花剑李磊、和剑张蔓军、柔剑张小平、灵剑薛武、霜剑朱坤领，在《诗刊》、《星星》诗刊、《诗歌报月刊》、《香港文学》、美国双语诗刊《诗殿堂》等报刊上发表有诸多诗歌，获得过中华人民共和国成立四十周年新诗大赛一等奖、湖北"楚天杯"诗歌比赛一等奖等奖项，并有诗作入选中国年度最佳诗歌。七剑的身份包括大学老师、中学老师和公司总经理。

　　2018年底，七剑诗社的首部合集《七剑诗选》由暨南大学出版社出版。诗选由澳门文艺评论家协会副主席龚刚教授、广州仲恺农业工程学院外国语学院李磊院长主编。诗坛泰斗谢冕先生、芒克先生题写书名，著名诗人杨克先生撰序，清华人文学院万俊人院长、北大中文系陈晓明主任、中国社科院黎湘萍研究员、鲁迅文学奖得主曹宇翔大校等强力推荐。该书受到读者的广泛好评，获得意想不到的成功，甫出版三周便已售罄。

　　与此同时，七剑诗社依托自己的网站主办的新性灵主义诗城首届新诗奖，亦获得成功，于2019年元旦公布了获奖的冠亚季军。本届赛事，参赛作者的热情之高、层次之高、分布之广，令人振奋！共收到诗作近千首，参赛者分布于我国26个省、市、自治区和港澳台地区，以及海外12个国家（美国、英国、德国、法国、加拿大、奥地利、菲律宾、文莱、新加坡、印度尼西亚、缅甸、越南）。参赛者有学生、工人、农民、军人、商人、自由职业者、文化界人士、国家机关工作人员、大中小学教师、科研机构学者、中国作协会员、各级地方作协会员、外国国家级作协会员等。本届新诗奖，激励了诗人们的创作，发现了更多优秀的诗人和诗作，在社会上刮起了一阵阵诗歌的和煦春风。

在 2018 年和 2019 年交替之际，七剑诗社喜事连连，实力、号召力、影响力逐渐扩大，受到越来越多诗人、学者和读者的关爱！借此东风，我们决定出版第二部合集，定名为"新性灵主义诗选"，由论剑龚刚、花剑李磊任主编，暨南大学出版社出版发行。

七剑十分荣幸地邀请到著名书法家、北京大学教授王岳川先生题写书名，加拿大阿尔伯达大学荣休教授、不列颠哥伦比亚大学客座教授梁丽芳，北京大学中文系高远东教授，中山大学中文系陈希教授撰写序言。前言由论剑龚刚教授撰写。

相较于《七剑诗选》，《新性灵主义诗选》的视野和覆盖范围大为拓展。不仅收录七剑的诗作，也收录七剑之友和新诗奖入围者的诗作。本书的基本框架如下：

一、七剑新作

自 2017 年 9 月结社以来，七剑在微信群交流频繁而热烈，对各自的作品相互提出修改意见和建议，在切磋中实现了共同提高。

论剑龚刚教授在 2017 年底提出新性灵主义诗观，七剑不断对其进行发展完善。本诗观对明清性灵派给予扬弃，继承其核心概念"性灵"，但修正了其对天性的过度倚重，强调基于天赋的后天学识和修炼，对性灵给予重新界定："性灵者，厚学深悟而天机自达之谓也。"（《七剑诗选·前言》）

新性灵主义主张冷抒情，推崇俄国形式主义的陌生化理论，核心观念是"闪电没有抓住你的手，就不要写诗"（《七剑诗选·前言》）。对于新性灵主义与旧性灵主义的异同，龚刚指出，两者的显著区别有二：

第一，旧性灵主义主张不拘格套；新性灵主义则不仅主张不拘格套、从心而出，还主张诗之气韵胜于音韵，虽短短数行，亦需奇气贯注。

第二，旧性灵主义主张独抒性灵，重性情，尚天才，反模仿；新性灵主义则主张厚学深悟而天机自达。不等而等，不期而至，是诗兴；一跃而起，轻轻落下，是诗魂。

迄今，新性灵主义的理论框架已基本成型，内涵已初具体系，业已成为七剑所倡导的主要理论，引导七剑创作的主要指针，从而促使七剑的诗学和诗艺实现了大幅度的提高。

本次合集，七剑每人提供若干首精选之新作，诗艺、诗思在整体上更加新性灵。

二、七剑之友佳作

诗集共选入二十三位七剑之友的佳作。其中，杨克、曹宇翔、汪剑钊、祁国、方明、苇鸣、冯倾城、田原、龚纯、逢金一、fly 酒桶、孟朝岗、席宏斌诸先生（女士），每人选录两首佳作；李志岭、杭起义、晓澄、陈蓉、解斌、易生诗梦、岩子、史潘荣、雅风、李佳霖诸先生（女士），每人选录一首佳作。

七剑之友，群星灿烂！其中，杨克先生为知名诗人、中国作协主席团成员、广东省作协副主席；曹宇翔大校为知名军旅诗人、鲁迅文学奖得主；汪剑钊教授为知名学者、诗人和翻译家；祁国先生为当代跨界艺术家、中国荒诞派代表诗人；方明先生为知名旅法诗人，中国现代诗歌泰斗洛夫先生的弟子，获得过海峡两岸多项诗歌奖；苇鸣教授为香港大学饶宗颐学术馆高级研究员、副馆长；冯倾城女士为全国中华诗词学会常务理事、江苏省中华诗学研究会顾问、澳门中华诗词学会副会长；田原教授为知名旅日诗人、翻译家；龚纯先生为有一定知名度的诗人；逢金一先生为山东省散文学会副会长、济南市作协副主席；fly 酒桶先生本名杨晓东，是有一定知名度的诗人。

还有许多七剑之友，在诗坛或耕耘已久，或崭露头角，或在工作之余爱好诗歌。其中，孟朝岗先生为北京科技职业学院副教授，喜欢诗词，尤其是中国古典诗词；席宏斌先生笔名小黑，为 70 后诗人，尚武崇文，供职于江苏省作协；李志岭先生为聊城大学外国语学院教授、诗人；杭起义先生为杭州市采荷中学语文教师，喜欢写现代诗；晓澄先生本名陈晓东，是江苏省诗词学会会员、无锡市作协会员；陈蓉女士为无锡市作协会员，与先生晓澄为江阴市知名文学夫妻；解斌先生为高校教师、中国诗歌学会会员、中国翻译协会会员、中国先秦史学会国学双语研究会会员；易生诗梦先生本名李丰国，为长期从事诗歌研究与写作的诗人和学者；岩子女士本名赵岩，是旅德诗人、学者、翻译家；史潘荣先生曾用笔名秦云润、月瑟、未央等，是追求"诗意地栖居"的诗人和学者；雅风先生原名李亚峰，高级工程师，为行走于江河湖海、栖心宁静淡泊的诗人；李佳霖为江苏南通人，高二学生，诗歌爱好者。

七剑之友的诗全部是精选的代表作或佳作。这些诗作大大增加了本书的含金量，将为读者呈现一场盛大的诗歌集会。

三、新性灵主义诗城首届新诗奖入围诗作

共二十二首。本届新诗奖征集十行之内（含十行）的小诗，小诗写作难度很大，"如欲争胜，须有尺幅千里之势，纳须弥于芥子之力，飞花摘叶皆收放有度"（论剑语）。只有如此，才能有较高的立意、较好的诗思、较丰富的内涵，才能实现意味隽永的效果，传递绵绵无尽的诗意。经过三轮严格的匿名评选，从近千首参赛作品中脱颖而出的入围诗歌，均为上乘之作。这些参赛者中，有中国作协以降的各级作协成员，有朦胧诗时代的资深诗人，也有崭露头角的青年才俊。其中，冠军得主是一位年仅二十三岁的90后，在读研究生。他们的作品，值得读者朋友们期待和欣赏。

四、附录

本部分包括龚刚教授撰写的《新性灵主义歌诀及概说》和李志岭教授撰写的《新性灵主义歌诀衍》。

五、鸣谢部分

感谢著名学者、书法家、北京大学王岳川教授题写书名，为

《新性灵主义诗选》添上浓墨重彩的一笔。

感谢加拿大阿尔伯达大学荣休教授、不列颠哥伦比亚大学客座教授梁丽芳，北京大学中文系高远东教授，中山大学中文系陈希教授为《新性灵主义诗选》撰写精彩纷呈的序言。

感谢杨克、曹宇翔、汪剑钊、祁国、方明、苇鸣、冯倾城、田原、龚纯、逄金一、fly 酒桶、孟朝岗、席宏斌、李志岭、杭起义、晓澄、陈蓉、解斌、易生诗梦、岩子、史潘荣、雅风、李佳霖诸先生（女士），为本书提供充满诗意的佳作，乃至代表作。

感谢新性灵主义诗城首届新诗奖的二十二位入围者，他们的作品主题各异，含金量高，涵盖了老中青三代诗风。

感谢暨南大学出版社人文社科分社杜小陆社长和责任编辑黄志波先生辛苦而细致的工作，使本书最终顺利付印。

七剑诗社的宗旨是传播诗意，传播正能量，传播心灵之声。我们要让诗歌照亮更多人的心灵，让人们拥有更加美好而诗意的明天。

花剑、霜剑起草
七剑均参与修改
2020 年 1 月